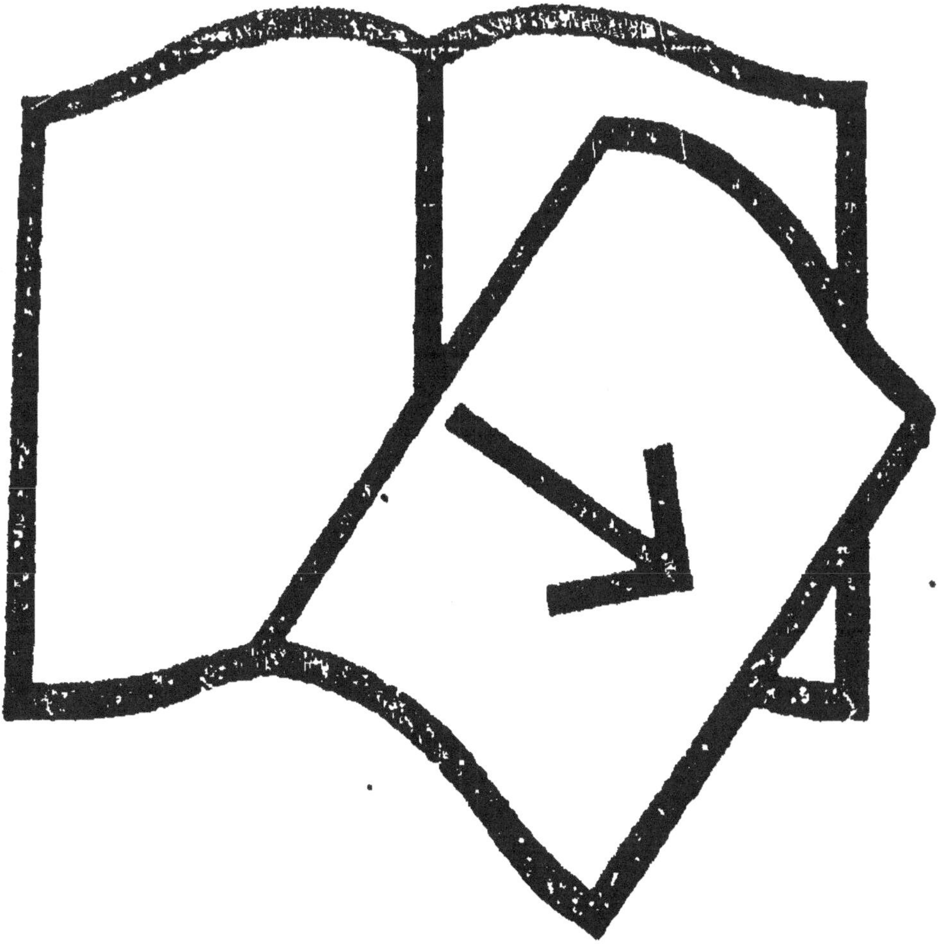

Couvertures supérieure et inférieure
manquantes

BIBLIOTHÈQUE MORALE

—

In-8° Troisième Série.

—

.17597

MŒURS DES ÉTATS-UNIS

D'AMÉRIQUE

MŒURS

DES

ÉTATS-UNIS

D'AMÉRIQUE

PAR

BÉNÉDICT-HENRY RÉVOIL

LIMOGES

ANCIENNE MAISON BABBOU FRÈRES

CHARLES BARBOU, IMPRIMEUR-ÉDITEUR

Avenue du Crucifix

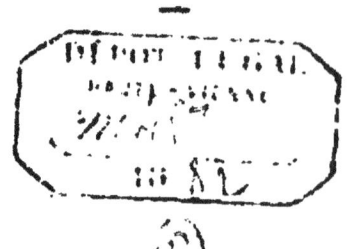

MŒURS DES ÉTATS-UNIS

D'AMÉRIQUE

LE

PONT MAUDIT DU NICARAGUA

Si, de nos jours, la ville de San-Francisco est aussi sûre à habiter que toute autre ville du monde, il n'en était pas de même en 1849, à l'époque où le hasard m'amena dans cette capitale de la Californie. Nous n'apprendrons rien à nos lecteurs en leur disant qu'il y a trente et quelques années la cité des bords du Paci-

fique surgissait de terre, comme le palais
d'Aladin, grâce aux efforts incessants de la
foul·' des chercheurs d'or qui se rendaient là,
venant de tous les coins du monde. Or, dans
ce nombre, la plupart étaient gens de sac et de
corde, se souciant peu des lois et de leurs
représentants.

Peu à peu cependant, l'ordre se fit dans cette
société fort mêlée. Mais, au début, le vice et le
crime marchaient la tête haute, luttant, sans
vergogne, contre les gens honnêtes, et voilant
les attentats les plus odieux sous le masque
de protection des citoyens.

Cet état de choses ne pouvait pas durer
longtemps ; les gens de cœur ne voulurent pas
subir plus longtemps les vexations arbitraires
de ces bandits : ils organisèrent un comité de
vigilance qui pratiquait la loi du Lynch, et je
dois dire que je faisais partie de cette associa-
tion de légitime défense.

C'était juste, au point de vue du droit, mais
c'était une folie relativement à ma sûreté

personnelle, car je devais indubitablement me créer des ennemis. C'est ce qui m'arriva.

J'eus l'imprudence de songer à débarrasser la société d'une bande de coquins de la pire espèce, dont le chef se nommait Tom Blood, (ce qui en anglais signifiait Thomas le sanguinaire,) qualification parfaitement exacte, car Tom passait, avec raison, pour un homme qui versait le sang pour le plaisir de commettre un mauvais coup et de se « divertir un brin. »

Notre comité de surveillance réussit à mettre la main sur quatre des plus hardis compagnons de Tom Blood, mais celui-ci éluda toutes nos recherches ; il prit la fuite, mais il savait parfaitement que j'étais un des plus ardents défenseurs de l'ordre, et que c'était moi qui l'avais empêché de travailler à son aise.

Avant de s'éloigner de San-Francisco, le hardi mécréant m'adressa une lettre autographe dans laquelle il avouait que, pour le moment, j'avais le dessus, mais qu'il espérait

I.

bien avoir un jour sa revanche. Toute cette prose était agrémentée de jurements et de malédictions qui eussent donné le frisson à tout autre qu'à un homme de ma trempe.

Peu de temps après cet événement, j'entrepris un voyage dans le Nicaragua où je fis la connaissance d'une famille espagnole de la plus haute *respectabilité*. Le père, avec qui je jouais aux échecs, m'estimait fort ; ses fils m'apprenaient chaque jour à « jouer du lasso », et leur sœur, une gracieuse jeune fille me prit un jour elle-même au filet, dans son genre, c'est-à-dire qu'elle s'empara de mon cœur. Je l'épousai un beau matin et je m'établis dans le pays. J'achetai du terrain, des moutons, des bœufs, et je me fis construire une *hacienda* au milieu d'un terrain que je défrichai, afin d'y faire des semences et des plantations utiles.

L'endroit en question était quelque peu solitaire, et je ne réfléchis qu'un peu plus tard au choix fâcheux que j'avais fait, car mon voisin le plus proche — un Espagnol — était devenu mon mortel ennemi. A vrai dire; il

habitait à dix milles de distance. Ce qui avait
causé cette inimitié, c'était la jalousie de mon
succès, car j'étais parvenu à obtenir un domaine
qu'il désirait, le terrain était dont très fertile.
Ce domaine était situé sur les collines qui
bordent le grand lac du Nicaragua, vers le
sud, et mon voisin disait, à qui voulait l'entendre, que, si j'avais eu la bonne chance de
l'emporter sur lui, c'était grâce à l'influence
de mon beau-père, un des hommes les plus
importants du territoire.

Don Enrico m'aimait en conséquence : cela
se comprenait facilement, car j'étais le seul
Européen qui se fût établi dans le canton ; mon
mariage avait fait bien des jaloux à Granada.

Peu de temps après mon établissement, j'eus
encore un autre sujet de terreur qui vint
troubler ma vie. J'avais souvent occasion de
me rendre à Greytown, pour vaquer à mes
affaires. Dans une de ces excursions, j'entrai
dans le café — le *bar* — d'un des principaux
hôtels de la ville, et, à mon grand étonnement,
je me trouvai face à face avec Tom Blood.

Mon premier mouvement fut de saisir le pistolet que je portais à ma ceinture, convaincu que Tom Blood allait faire feu sur moi. Mais il n'en fit rien.

Le maudit se contenta de sourire, c'est-à-dire qu'il m'adressa une grimace significative et déclara qu'il était heureux de me voir et de me retrouver.

— Je ne puis pas, me dit-il encore, vous payer la dette que j'ai contractée avec vous, mais ne craignez rien, je ne vous ferai pas attendre bien longtemps.

— Oh ! prenez votre temps, répondis-je. J'ai là un reçu tout prêt, quand il vous plaira.

J'avoue que j'éprouvai une certaine émotion. Je songeai à ma femme, à mon enfant. Qu'allait-il advenir ? Le pays dans lequel je me trouvais était peu sûr, politiquement parlant, et Tom Blood avait embrassé le parti dans lequel se trouvait enrôlé mon voisin Enrico.

Deux jours après cette entrevue, un de mes beaux-frères m'apprit qu'il avait vu les deux coquins ensemble.

A trois jours d'intervalle, j'étais allé couper des arbres à une demi-lieue de mon logis et je rentrais le soir, chez moi, quand, à cent mètres de la *hacienda*, je vis accourir ma femme qui portait son enfant dans ses bras, en proie à une violente émotion.

Elle me raconta qu'un inconnu s'était présenté chez elle, en me demandant et en déclarant qu'il avait à me voir pour affaires. Elle l'avait fait entrer et lui avait offert à manger. Pendant que cet homme prenait son repas, ma pauvre femme, effrayée de ses allures, avait pris le prétexte, pour s'absenter, d'avoir à vaquer à des arrangements dans la cuisine. Une fois dehors, elle avait été fort étonnée de ne plus trouver personne : aucun de ses serviteurs ne se trouvait ni là, ni dans l'écurie. Mieux encore, notre cheval avait disparu : il n'y avait que celui de cet inconnu qui était attaché à un piquet, devant la porte.

Il y avait certes bien de quoi s'alarmer, et ma femme n'avait pas cru devoir prendre d'autre parti que celui de venir à ma rencontre.

Je commençai d'abord par croire qu'il y avait erreur, que cet homme venait réellement pour m'acheter des bestiaux, mais, cependant, la disparition de mon cheval me donnait à réfléchir. D'autre part, si je me me décidais à fuir, je laissais ma maison et tout ce que je possédais aux mains des bandits.

Je pris la résolution d'aller voir ce qu'il en était, et je dis à ma femme de me suivre. Mais, à peine avions-nous fait quelques pas que j'aperçus un homme qui nous épiait au milieu des arbres qui ombrageaient notre demeure. Je me hâtai de me jeter sous le taillis, en enjoignant à ma femme de me suivre et d'empêcher notre bébé de crier.

Quelques instants après deux individus passèrent devant nous dans le chemin, près du buisson où nous étions cachés. L'un disait à l'autre :

— Je sais qu'il est assez fort pour sauter sur notre ennemi, et je me fie à lui. Dès qu'il entendra notre coup de sifflet, il se ruera sur le Français et alors nous accourrons. Enfer et sang !

Le maudit qui parlait ainsi faisait allusion à ma personne, mais il s'exprimait en anglais, et ma femme comprenait peu cette langue, heureusement, car elle serait morte de frayeur.

Celui qui parlait de la sorte, Hélas ! c'était Tom Blood lui-même, cheminant avec un coquin de son espèce.

Les deux bandits s'éloignèrent.

Il n'y avait pas d'autre parti à prendre que celui de la fuite. Je me décidai à traverser la montagne en me dirigeant vers la cataracte, afin de descendre, de là, sur les bords du lac. Une fois à cet endroit, nous monterions en bateau, afin de nous rendre à Granada.

Il s'agissait donc seulement d'arriver au lac pour être à l'abri de tout danger. Certainement les habitants de la plage ne pouvaient pas passer pour être mes meilleurs amis, mais enfin c'étaient d'honnêtes gens qui n'auraient pas permis que Tom Blood et ses acolytes commissent un crime. La distance à parcourir, de l'endroit où nous étions jusqu'au lac, était d'environ trente mètres, et encore fallait-il passer à travers bois et ravins. Pour moi, ce n'était rien, mais pour ma femme, c'était une fatigue insurmontable. N'importe, il fallait aller de l'avant.

La nuit se fit, nuit sombre, comme sous les tropiques ; mais, malgré l'obscurité, nous allions en avant en chassant des reptiles et des bêtes fauves, moins dangereux que l'homme sanguinaire, cet infernal Tom Blood, notre implacable ennemi.

Nous marchâmes ainsi pendant cinq heures; le bois devenait moins épais, et nous entendions enfin le bruit de la cataracte. En effet, nous avancions le long des précipices et le danger seul que nous courrions était une excuse pour l'imprudence que nous commettions de marcher à l'aventure.

Je pris alors notre enfant dans mes bras et nous continuâmes notre route jusqu'à une certaine grotte où ma pauvre femme put se reposer. Il me restait heureusement de quoi boire dans ma gourde de travail. Je n'avais pas mangé tout le dîner emporté dans les champs la veille, nous pûmes donc prendre un léger lunch, en attendant le crépuscule. A ce moment, notre cher bébé cria, car il avait froid, et je ne pus m'empêcher de tressaillir, par la crainte que j'avais d'être entendu par nos ennemis.

Enfin, la lueur de l'aube se montrant du côté de l'est, nous nous levâmes et nous reprîmes notre route qui nous amena près du pont élevé au dessus de la chute d'eau, cons- truction rustique, solide, mais enfin suffisante pour ceux qui avaient à passer par là. Ce pont était divisé en deux parties, car il y avait une double chute d'eau, et la poutre du milieu s'appuyait sur un rocher de forme bizarre qui servait de contrefort aux pilotis et à la sus- pension qu'ils maintenaient en place.

Il n'y avait pas à s'en dédire. Il fallait passer par là, ou faire un détour de dix milles plus en aval.

La traversée de ce pont à moitié effondré était

donc chose difficile pour les nerfs d'une femme affolée, mais celle qui portait mon nom n'était pas une poule mouillée et c'est elle qui me dit: « En avant ! » sans la moindre hésitation.

— En avant ! répétai-je. J'entends les aboiements d'un limier.

En effet, en jetant les yeux vers le chemin que nous venions de parcourir, je découvris les bandits qui nous poursuivaient : ils étaient au nombre de douze, dont deux montés sur des chevaux.

— Emporte rapidement l'enfant, criai-je à ma femme. Traverse le pont, puis tu tourneras à gauche. Cela fait, tu suivras le sentier qui borde l'abîme et tu seras en sûreté.

Je vis, en effet, ma chère moitié s'avancer hardiment au dessus du pont, en prenant notre enfant sur sa poitrine. Je la suivis aussitôt, mais je m'arrêtai sur le rocher du milieu et je me mis aussitôt à saper les pilotis du pont à grands coups de hache. J'hésite à croire que jamais

bûcheron ait rempli sa tâche avec plus d'ardeur.

Pendant que je travaillais de la sorte, les
bandits avançaient à grands pas, mais il était
trop tard. J'avais si bien taillé de ci, de là, qu'à
la fin le pont s'écroula et disparut dans le
précipice, quelques minutes avant l'arrivée
des sacripans qui voulaient ma mort, celle de
ma femme et de notre enfant.

Ma femme fuyait, j'entendis même un coup
de feu qui, par bonheur ne l'atteignit point. Au
moment où j'allais la suivre je m'aperçus que
j'avais sapé la partie du pont qui n'était pas la
bonne pour sauver ma famille. Mes ennemis
pouvaient faire le tour, et par conséquent
arrêter notre fuite. Il n'y avait pas un moment
à perdre. Je me hâtai de frapper à grands coups
de hâche les pilotis de l'autre partie du pont·
J'étais garanti dans ce travail par la chute d'eau
qui empêchait les bandits de me voir. Mais, de
temps à autre, les balles sifflèrent à mes
oreilles, car les misérables se doutaient bien
des efforts que je faisais pour leur couper le

passage. Par bonheur, dans leur excitation, ils ne pouvaient tirer avec justesse.

Enfin, la seconde section du pont s'écroule avec grand fracas. J'étais sauvé et je courus vers ma chère femme qui se jeta à mon cou, en bénissant Dieu.

— Enfin, s'écria-t-elle. Merci Seigneur ! Merci ! Vous avez eu pitié de mon mari et de mon enfant !

Nous avançâmes alors en toute hâte, et, avant que le soleil fût monté au méridien, nous étions parvenus, sains et saufs à Granada. Il était temps car nous nous traînions sur la route et le limier avait presque franchi la distance.

Tom Blood n'avait pas pu accomplir ses sinistres projets, cette fois-là, et j'eus l'insigne plaisir de le voir pendre six mois plus tard.

Ma femme et moi ne revînmes point à notre hacienda ; nous avions peur, tous les deux, de nous retrouver exposés à de nouveaux dangers : aussi, je me décidai à vendre cette propriété pour retourner en Californie. C'est là

que je travaillai plus sûrement à faire ma fortune.

C'était, du reste, ce que j'avais de mieux à
faire, car je suis convaincu que, si j'avais jamais
repris la vie de pionnier, je serais devenu la
victime des bandits du pays.

———

LA GARROTTE

En 1847, à l'époque où les États-Unis décla-
rèrent la guerre à leurs voisins du Mexique, je
fus envoyé, en qualité de reporter, à la suite
des armées américaines, pour rendre compte
de l'expédition des généraux Taylor et Scott,
expédition combinée qui devait prendre l'ennemi
des deux côtés à la fois, pour mieux venir à
bout des troupes du président Santa-Anna.

Les chefs de notre corps avaient traversé le
Rio-Grande et, descendant à travers les *cerros*,

les *vueltas* et les *canons* du pays, étaient arrivés en vue du lac de Texicoco, près de la lagune d'Ayalla. A notre droite, l'*Ixtuccihualt* (la Femme de neige) nous éblouissait par l'éclat de sa réverbération, quoique le pic fût à quatre lieues de nous, et pourtant, grâce à la pureté de l'atmosphère, on eût dit qu'on pouvait le toucher de la main.

Nous apercevions également, sur la même ligne, le *Popocatepelt*, la plus haute cime du Mexique et le volcan le plus élégant du globe, élevant à près de dix-huit mille pieds sa tête orgueilleuse.

Au bas de ces deux rois de la Cordillère s'étendait la magnifique plaine d'Amecameca, semée de vertes moissons, et çà et là surgissaient, rompant la monotonie des lignes, ces pitons extraordinaires, produits volcaniques à la tête couronnée de sapins, isolés dans la plaine de Mexico.

Devant nous s'étendait le *Penon*, la grande chaussée qu'il faut traverser pour arriver à Mexico dont les murailles blanchissaient au soleil, dont les dômes étincelaient à nos yeux.

Au dessus, par delà la cité, nos regards se perdaient sur les coteaux où s'épanouissaient San-Agostina, San-Angel et Tucubaya. Un peu plus sur la gauche, le clocher de *Nuestra Senora de la Guadalupe* se détachait sur le fond noir de la montagne. Un panorama splendide, un miroitement incroyable, une richesse de lignes inouïe, et, par dessus nos têtes, un soleil éclatant, jetant à profusion des teintes à désespérer un peintre... En un mot, c'était une débauche de couleur qui éblouissait l'œil et ravissait l'âme. Ajoutez à cela que nous étions arrivés et que la paix était signée de la veille.

La nuit survint et bientôt l'on n'entendit dans notre camp que les pas des sentinelles qui, de temps à autre, poussaient leur cri de ralliement: *Who's there? — Friend! — All right!*

Le lendemain de ce jour mémorable, — le 27 août 1847, — le soleil se leva radieux comme la veille, et l'armée se mit en marche pour faire son entrée à Mexico.

Mais, hélas ! nous descendions, et nos illusions de la veille disparaissaient les unes après les autres ; les couleurs s'effaçaient, le mirage s'évanouissait.

Au lieu de la plaine fertile, des lacs délicieux chargés de *chinampas* fleuris (îles flottantes), nous traversions une plaine brûlée et stérile : le paysage devenait morne et triste. A chaque pas en avant, la féerie disparaissait. Le lac lui-même n'était qu'un marais fangeux, aux exhalaisons fétides, couvert de myriades de mouches empoisonnées.

Bref, l'entrée de Mexico n'était que celle d'un bouge , et rien ne nous faisait présager la grande ville. Les rues sales, les maisons basses, le peuple déguenillé, tout nous désenchantait au fur et à mesure que nous pénétrions dans Mexico.

Toutefois, lorsque nous débouchâmes sur la place d'Armes, bordée d'un côté par le palais du gouvernement, de l'autre par la cathédrale, nous devinâmes une capitale.

Notre premier soin, à mon camarade de lit

2

et à moi, — quand il nous fût possible de sortir des rangs et de jouir de notre liberté, — fut de nous rendre à l'ancien palais d'Iturbide (1) qui fut empereur du Mexique avant la fondation de la République et, plus tard, à l'avénement de Maximilien. Ce palais, devenu un hôtel-caravansérail, abrite les voyageurs sous ses lambris dorés.

Le lendemain, Thibald (c'était le nom de mon ami) et moi, nous avions fait toilette et nous allions prendre les ordres de l'état-major du général Scott.

Quoique la paix fût faite, nos chefs redoutaient quelque coup de Jarnac dans le genre des Vêpres siciliennes. Les Mexicains passaient et passent encore avec juste raison pour une nation traîtresse et de mauvaise foi : il fallait donc prendre toutes ses précautions pour ne point risquer la vie des officiers et des soldats.

(1) Un des fils de l'empereur Iturbide est mort il y a deux ans à Paris. Il avait longtemps tenu une taverne de marchand de vin à Courbevoie, et l'on voyait dans cet établissement le descendant des Incas offrir à boire et à manger à ses consommateurs, sans vergogne pour le nom qu'il portait.

Ceux-ci étaient consignés dans les divers campements où ils avaient trouvé l'abri et le confortable. Lorsqu'ils sortaient de ces casernes, c'était toujours par escouades de dix.

Quant aux officiers, défense expresse leur était faite de se risquer le soir hors de la place, dans les rues de la ville, après le soleil couché.

Les raisons données de vive voix à nos camarades qui nous les expliquèrent au *Café national*, c'est que deux de nos amis, dont l'un était le cousin du général Taylor, avaient été attirés dans un rendez-vous galant, la veille au soir, une heure après notre arrivée à Mexico, et avaient été traîtreusement assassinés.

En vain le général avait-il fait fouiller, de la cave au grenier, la maison où l'on avait trouvé les cadavres de nos pauvres amis, on n'avait rien trouvé de compromettant. Le logis ne contenait pas même de meubles ; il semblait abandonné, et les voisins déclaraient sous serment que depuis dix ans la *casa Moralès* n'avait pas été ouverte. Les herbes poussaient

drues et serrées dans le jardin rempli de branches mortes et de plantes parasites. On eût dit
un cimetière dévasté. Seul un *reboso* de soie,
indice, du passage d'une femme, avait été
trouvé sur un banc de pierre de la *huerta*, à
un mètre des cadavres du capitaine Thirlle et
du major Andrès, frappés tous deux d'un coup
de poignard en pleine poitrine.

Ce meurtre avait jeté la consternation dans
l'armée américaine. Les alguazils et le corrégidor — chef de la police — de Mexico, man-
dés auprès des généraux commandants, avaient
protesté de leur impuissance à modérer les
passions de leurs compatriotes. Nous étions
persuadés qu'ils en savaient plus long qu'ils ne
voulaient l'avouer. Mais que faire contre des
gens qui certainement n'eussent pas dévoilé
à leurs vainqueurs les noms de ceux qui ser-
vaient si bien leur haine contre les envahis-
seurs de leur patrie ?

Lorsque l'on eut rendu les derniers devoirs
à nos infortunés camarades, les ordres de nos
généraux furent strictement observés : nous

passâmes trois semaines en corps, ne sortant des casernements qu'en nombre pour visiter la ville, et toujours armés jusques aux dents. Notre vie se traînait de *l'hôtel Iturbide* au *café Nationa!* et *vice versa*, lorsque nous ne faisions pas quelque excursion hors du centre général, jusques aux *barrios* (faubourgs) de la ville.

Une après-midi du mois de septembre, nous étions dix officiers étendus dans des fauteuils à bascule à côté des tables de notre hôtel, devant la façade, abrités par une *tendida* de toile, buvant à petites gorgées des boissons glacées à la mode du pays et fumant des panatellas exquis, lorsque nos regards furent attirés par une *tapada* (1) assez pittoresquement costumée qui passait et repassait devant notre *posada* et cherchait à attirer notre attention, et particulièrement la mienne.

A la fin, intrigué par ces évolutions, je me levai et je m'avançai vers l'inconnue.

(1) On appelle ainsi une femme qui se cache le bas du visage avec un fichu de dentelle ou un foulard à la mode turque..... et mexicaine.

— *Que quiere usted ?* lui dis-je en espagnol.

— Une dame de grande famille, me dit-elle, désire vous entretenir ce soir en particulier, et je suis chargée par elle de vous remettre son adresse.

— Il m'est impossible, répliquai-je de me trouver à ce rendez-vous. Les ordres du général Scott sont formels.

— Bah ! le senor *caballero* a peur , sans doute ?

— Peur ! Peuh ! un Français ne tremble jamais.

— Sa Seigneurie réfléchira. Ce soir, à neuf heures, à la *huerta Moralès.* Silence et discrétion !

La *huerta Moralès* ! Mais c'était dans ce jardin même que nos amis avaient été assassinés, il y avait à peine quinze jours !

Je revins sous la tente rendre compte à mes camarades de la conversation échangée avec la *tapada,* et notre avis unanime fut qu'il fallait prévenir notre général en chef.

Je me rendis au quartier et je fis part au chef

de l'armée américaine de la proposition qui m'avait été faite.

— Eh bien ! *my bloody Frenchman*, — un terme d'amitié du général Scott — avez-vous peur, hein !

— Peur ! répondis-je en haussant les épaules, comme je l'avais fait à la *tapada*.

— Si vous voulez nous rendre un vrai service, vous irez à la *casa Moralès*. Soyez armé de deux revolvers et ne craignez rien. A peine serez-vous entré dans la *huerta* que vous serez protégé. Comment? Cela me regarde. Ce soir, nous aurons retrouvé les assassins de Thirtle et d'Andrès! Malheur à eux! je ferai un exemple terrible. Rentrez chez vous, pour vous occuper de vos préparatifs. Surtout, pas un mot à vos amis. Vous leur direz que je vous ai défendu de sortir et que vous êtes aux arrêts. Dès que la nuit sera venue, vous revêtirez vos habits civils et vous vous envelopperez dans un manteau, puis vous vous dirigerez vers le rendez-vous donné.

— Il suffit, général: vos ordres seront exécutés de point en point. A la garde de Dieu!

— Et à la mienne!

Je pris congé et j'obéis ponctuellement aux injonctions de ce bon général, que j'aimais comme s'il eût été mon père.

Pour abréger ce récit, je dirai qu'à neuf heures précises je frappais à la porte de la *huerta Moralès*.

Deux secondes après, l'huis s'entr'ouvrait et je me trouvais en présence de la *tapada*.

— *Muy bien, senor*, dit-elle. Silence! Suivez-moi!

Je la laissai fermer la porte au verrou, puis elle se dirigea vers une charmille de jasmins et de gardénias en fleurs dont les émanations embaumaient l'atmosphère.

Sous cette charmille se trouvait assise une senora admirablement belle, qui m'adressa la parole dans un français plus ou moins compréhensible.

Je lui répondis avec la plus parfaite politesse et je portai la main à mes lèvres.

Au même instant, je vis se dresser à quatre mètres devant moi trois *leperos* armés de coutelas, qui se disposaient à me faire un mauvais parti.

Plus rapide que la pensée, mes mains s'étaient emparées des deux revolvers que je portais dans les poches de mon caban, et je fis feu résolûment sur le premier des trois assassins, qui tomba sur le coup. Le second, atteint par mon arme, lâcha son couteau et prononça un *caramba* formidable en fuyant du côté de la *casa Moralès*.

Quant au troisième, ils s'avançait vers moi et allait se ruer en avant, lorsqu'un nouveau venu l'étreignit fortement par derrière, tandis qu'il me criait de ne pas tirer.

En effet, ce *deus ex machina* n'était rien autre qu'un colosse américain, appartenant à la maison du général Scott. Morse — tel était le nom de ce géant — était doué d'une force surhumaine. Par les ordres de son maître, il avait enrôlé deux autres camarades de l'armée connus par leur audace et leur amour des

2.

aventures, et ils avaient été envoyés sur mes pas, avec mission de ne pas me perdre de vue, de franchir la muraille de la *huerta* et de se rendre compte de ce qui allait s'y passer.

— Il faut, leur avait dit notre général, que vous preniez vivants le ou les assassins que vous rencontrerez là-bas.

Ils avaient réussi. J'avais échappé comme par miracle à l'attaque des complices de la senora inconnue.

Je reviens à celle-ci..

A peine avais-je compris que le troisième meurtrier était solidement baillonné que je m'étais retourné pour savoir ce qu'était devenue la belle Mexicaine.

Elle avait disparu. Par quel moyen? Nous ne pûmes le deviner. Cette sirène infernale, qui attirait vers un guet-apens les pauvres offi-ciers de notre armée, devait s'être ménagé une sortie: nous découvrîmes en effet, vers un angle de la *huerta*, une sorte de tour au moyen duquel on pouvait — en pressant un ressort —

se trouver en un instant porté dans une ruelle déserte, qui aboutissait à la route de Puebla.

Les deux Mexicains et le cadavre de leur complice furent entraînés au quartier général, et l'on fit prévenir le corrégidor.

Celui-ci arriva en toute hâte, mais on remarqua qu'il fit la grimace lorsqu'il vit et comprit pour quelle affaire il avait été mandé.

— Ces deux misérables ont été surpris en flagrant délit de meurtre, lui dit le général Scott la loi martiale les condamne à mort. Mais avant de les livrer au bourreau, il faut, je le veux, que vous obteniez d'eux l'aveu de leur crime et le nom, l'adresse de leurs complices, les deux femmes disparues.

Le corrégidor inclina la tête et procéda à l'interrogatoire des deux bandits.

Tout d'abord les scélérats refusèrent de faire le moindre aveu ; mais, poussé par le magistrat mexicain, l'un d'eux déclara qu'il allait parler.

Il déclara qu'une conspiration, dont il n'était que le bras, avait été organisée par les soins du président Santa-Anna, et que le chef connu était un nommé Antonio Cespedès. Tous les affiliés — dont le nombre était de deux cents au moins — avaient juré sur le Christ de se dévouer à la sainte cause pour la délivrance de leur pays.

— Quelle est la senora qui sert de sirène à ces rendez-vous meurtriers ? demanda le général Scott.

Après de grandes hésitations, le bandit consentit à la nommer :

— Dona Fernandina Capilla, la fille du riche *haciendero* Capilla de *Los Pueblos*.

— Je m'en étais douté! murmura le corrégidor à voix basse. Où est-elle ?

— Je l'ignore ; peut-être à la *hacienda* de son père.

Le général Scott envoya un escadron de cavalerie à la ferme du senor Capilla, mais le logis était abandonné de la veille : les portes en demeuraient ouvertes, la maison restait vide.

Hieronimo Sanfé, le meurtrier garrotté par Morse, et son complice blessé par moi, nommé

Jacomo Ora, furent condamnés au supplice
infâme du *garrotte*. Puis on les mit *en chapelle*
pour être exécutés le lendemain matin.

Le *garrotte* est tout simplement la strangula-
tion primitive. On attache le patient solidement
ficelé à un poteau placé au milieu d'une place
publique. On le fait asseoir sur un banc adossé
au poteau et on lui passe une corde autour du
cou. Cette corde est entortillée à une sorte de
tourniquet en bois de chêne, et le bourreau
vire le chanvre jusqu'à ce que le patient soit
bel et bien étranglé.

C'est horrible, mais c'est ainsi. La coutume
du Mexique est là.

Le lendemain, à dix heures du matin, les tré-
teaux avaient été dressés sur la grande place
de Mexico, vis-à-vis la cathédrale.

Les deux patients, soutenus chacun par un
prêtre, furent amenés au pied de l'échafaud, et
le bourreau — à son corps défendant, mais
forcé d'agir par la présence de toute l'armée
américaine rangée en bataille sur le lieu du

supplice fut bien forcé d'accomplir sa funèbre tâche.

J'assistais à cette exécution, et j'avoue que le
spectacle horrible de ces faces tuméfiées, de
ces langues pendantes, de ces contorsions
atroces, resta longtemps gravé dans ma
mémoire.

Mes amis Thirtle et Andrès étaient vengés!

LES

DÉTERREURS DE CADAVRES

Si, nouveau débarqué, l'on parcourt les rues d'une ville des Etats-Unis, quelle qu'elle soit, les yeux sont tout à coup péniblement frappés par la vue d'un magasin où se trouvent étalés, les uns à côté des autres, par échelle de gradation, de luxe et de valeur, des cercueils de toutes les formes, de toutes les essences de bois, et, par conséquent, de tous les prix.

Les marchands de cette denrée, unique dans son genre, sont certains que, pour eux, le commerce procède toujours du même élan. Que le soleil se mire dans le lustre de leur marchandise ou que la pluie fouette à torrents les vitres de leur devanture, ils sont toujours assurés que leurs concitoyens y feront leur emplette, et chacun d'eux s'évertue à offrir aux regards des passants ce qu'il y a de plus attrayant, sans doute pour inspirer la pensée d'en faire usage.

Les fournisseurs de la mort de l'Amérique du Nord spéculent sur la coquetterie qui pourra présider à la toilette d'un cadavre dans son dernier lit d'acajou, et ils envahissent la voie publique de leurs exhibitions jovialement funèbres.

— Voyez, gentlemen et ladies, disent-ils, voici des cercueils pour tous les goûts, pour toutes les bourses : cercueils en bois de rose, en tuya, en oranger, en fer, en fonte, à haute pression atmosphérique, doublés de moire ou de satin, ornés de clous dorés ou argentés, de plaques de métal, recouverts de drap noir. Admirez ce charmant oreiller gonflé de plumes d'eider ! Comme votre tête y reposera douillettement ! Oh ! l'on n'a rien oublié et l'on peut mourir tranquille; sous la vitre qui recouvrira le masque livide du cadavre, on fera disparaître la pâleur à l'aide d'une couche de vermillon, on adoucira les qualités bleuâtres des yeux sans regard au moyen d'une teinte de blanc d'Espagne ; on nouera artistement votre cravate de satin blanc, et les amateurs du genre admireront le talent ingénieux des nécrophores humains qui sont parvenus à dissimuler l'empreinte solennelle de la mort sous les apparences les plus folâtres de la vie.

Pendant mon séjour aux Etats-Unis, j'avais pris domicile dans une maison très confortable, au coin de Houston-street et de Broadway, dont la distribution intérieure m'avait plu, aussi bien que le voisinage et les facilités de la vie qui se trouvaient à ma portée : marchands de toute sorte, cafés, tavernes, fournitures de bouche, tout se trouvait réuni au *Vol du chapon.*

Un seul magasin restait fermé, à gauche de mes fenêtres donnant du rez-de-chaussée dans la rue. Certain matin, en ouvrant mes persiennes pour humer l'air frais, quel ne fut pas mon étonnement en apercevant une belle enseigne appendue au dessus de la boutique et offrant, en lettres blanches sur fond noir, ces mots cabalistiques:

DIXON

Conffins' maker, sexton and undertaker
Fabricant de cercueils, fossoyeur et ensevelisseur.

M. Dixon, le nouvel emménagé, rangeait son magasin en compagnie de deux grandes et belles filles qu'il appelait mes enfants et d'une servante irlandaise, qui, toutes trois, l'aidaient à placer contre les parois de la muraille des cercueils de différentes tailles et d'un luxe gradué, du travail le plus complet, à des planches de sapin clouées ensemble.

Maître Dixon me parut être un individu morose, triste et pensif, et d'un caractère fort en harmonie avec le métier qu'il exerçait. Je l'entendis gronder ses filles lorsqu'il les trouvait inoccupées.

Le lendemain matin, je voulus savoir qu'el-

les étaient les mœurs de mes voisins. Grâce
à un petit cabinet qui ouvrait et prenait l'air
sur une cour intérieure, d'où l'on apercevait
les fenêtres de la cuisine, — salle à manger du
sexton, — je pus entendre celui-ci se plain-
dre des dégâts occasionnés par la pluie au
dernier convoi qu'il avait présidé et auquel il
avait fourni les accessoires, tels que manteaux,
crêpes, chapeaux, etc., etc. Mais il espérait se
rattraper à l'enterrement de Henry Clay que
l'on disait être fort malade en ce moment-là.

Dixon en parlant de ses affaires avait l'air
lugubre, et je dois avouer que j'étais fortement impressionné de son discours funèbre.

J'allais me retirer de mon observatoire lorsque j'entendis trois coups frappés à la porte
d'une façon maçonnique et discrète.

— Qui est là ? demanda le marchand de cercueils. Ah ! je sais : entrez !

Je vis alors pénétrer dans la petite pièce un
docteur de New-York que je connaissais inti-
mement et qui fit à Dixon un signe que celui-
ci comprit aussitôt.

— Laissez-nous seuls, monsieur et moi, fit celui-ci en s'adressant à ses deux filles qui se retirèrent aussitôt.

— Eh bien ! docteur Quaquenbush, dit le *sexton* au visiteur, que puis-je pour vous ?

— Je vais vous le dire, mon brave homme. J'ai besoin d'un sujet.

— Oh ! c'est devenu bien difficile, répliqua le fossoyeur. Les gardiens de Greenwood et de Potter's field sont très vigilants, ils ont reçu les ordres les plus sévères des autorités municipales, et je crains bien de ne pouvoir pas faire ce que vous me demandez.

— Bah ! je suis sûr que vous réussirez et vous savez que je paie bien.

— Sans doute ! mais...

Sur ces paroles, le docteur Quaquenbush baissa la voix et parla à Dixon la bouche contre son oreille, si bien que je ne pus pas comprendre ce que disaient les deux interlocuteurs. Puis le docteur Quaquenbush frappa sur l'épaule du *sexton*, lui adressa un *All right!* auquel celui-ci répliqua par une autre locution pareille, et les deux hommes sortirent pour traverser la boutique, l'un pour s'en aller, l'autre pour lui faire compagnie jusqu'à la porte.

Le lendemain je m'aperçus à un certain mouvement dans la maison de Dixon qu'un événement avait lieu chez mon voisin. En appliquant les yeux à mon *judas*, je vis l'une des deux filles en pleurs qui disait à la servante irlandaise.

— Pauvre Clara ! quelle maladie l'a donc terrassée ?

— Qui sait, mademoiselle ? le choléra peut-être.

Le choléra ! Cette épidémie avait en effet fait son apparition à Philadelphie et y avait produit une terreur telle que la moitié de la ville s'était enfuie. Quelques habitants de la *Cité des amis* n'étaient-ils pas venus à New-York et n'avaient-ils pas apportés le germe du mal ?

L'après-midi de ce même jour, en rentrant chez moi, je trouvai la boutique de Dixon fermée. Un écriteau sur la porte faisait savoir aux passants que miss Clara Dixon était morte subitement.

Je demandai à quelques voisins s'ils savaient ce qui s'était passé; on me répondit d'une façon évasive et le jour suivant, à l'aube, le convoi de la fille du fossoyeur se mettait en route pour le cimetière de Greenwood à Long-Island.

Au retour de cet enterrement, je pus voir toujours par le même moyen, la famille en larmes procéder à l'épuration et à l'assainissement de la chambre où la malheureuse Clara avait rendu le dernier soupir.

D'ordinaire on ne se livrait pas à des fumigations aussi nombreuses dans la chambre d'un mort : on n'employait pas des irrigations d'eau de chaux, de chlorure, d'ammoniaque..· Toutes ces ablutions me donnèrent à réfléchir. Le choléra n'aurait-il pas fait invasion à New-York ?

Les journaux de la ville m'apprirent plus tôt que je ne le pensais la réalisation des craintes que j'avais conçues.

Dans le *Sun* où je pus lire l'affreuse nouvelle, je jetai les yeux sur un paragraphe qui me fit frémir d'horreur. Il était ainsi conçu :

« Depuis longtemps les déterreurs de cada-vres n'avaient pas fait parler d'eux. La plus grande surveillance était établie dans les diverses nécropoles de notre ville ; mais hier soir le gardien de Greenwocd ayant été retenu chez lui par la maladie subite de sa femme atteinte du choléra se vit forcé d'abandonner ses heures de faction. Dans la nuit, sa femme était emportée par le terrible fléau qui com-mence à sévir sur notre ville. Ce matin, à l'aube, un de ses collègues de la section du nord du cimetière accourut à la maison de Marvin et lui apprit que deux tombes avaient été violées et que les cadavres —ceux de deux jeunes filles —avaient été emportés. Malgré son chagrin récent, Marvin suivit son con-frère et tous deux se dirigèrent vers l'allée n° 34 où se trouvaient la sépulture de la famille Robertson et celle du *sexton* Dixon, presque contiguës l'une à l'autre. Les deux caveaux étaient ouverts, et l'on apercevait sur le rebord du chemin deux cercueils éventrés et vides. L'un était celui de miss Louisa Robertson, décédée l'avant-veille et l'autre celui de la fille du fossoyeur, qui avait été inhumée hier après midi. On se perd en conjectures sur l'enlèvement infâme de ces deux corps humains et l'on accuse ouvertement les voleurs de sépultures qui sont trop nombreux dans notre ville impériale. »

En effet Dixon, malgré la douleur qu'il éprouvait, malgré le respect qu'il aurait dû avoir pour la mort, lui qui venant d'être si cruellement frappé par elle dans sa famille, n'avait pas oublié la promesse qu'il avait faite au docteur Quaquenbush. C'est lui qui avait fourni le cercueil à la famille Robertson et c'est lui qui, suivi de deux nègres qui l'aidaient quelquefois dans sa tâche funèbre, à Greenwood aussi bien qu'à Potter's field, avait volé le cadavre de miss Louisa Robertson.

Voilà comment les faits s'étaient passés et c'est de l'un des moricauds, arrêté quelques jours plus tard par la police pour un vol commis à Staten-Island que l'on apprit les détails de cette aventure, aussi bien que ceux de l'enlèvement du corps de mis Clara Dixon, opéré à deux heures d'intervalle de celui de la fille des Robertson.

— Nous étions partis, dit le nègre au juge qui l'interrogeait, par une nuit noire, et Dixon, Jack et moi, nous avions sauté par dessus le mur du cimetière, hors de Broocklyn. Dixon savait que la femme du gardien Marvin était malade et il avait deviné que celui-ci manquait sa garde. En effet rien ne vint nous déranger et nous arrivâmes sans encombre devant la tombe récemment fermée de miss Robertson. Dixon, qui connaissait les moyens de s'introduire dans le caveau, prit un trousseau de fausses clefs dans sa poche, en essaya quelques-unes et finit par trouver la bonne. Une fois dans la chapelle, à l'aide d'un levier, nous descellâmes la pierre tombale, puis Jack descendit dans le caveau, enroula une corde autour du cercueil de miss Robertson et nous

3

le soulevâmes hors de l'enceinte. La pauvre
créature nous apparut — quand le couvercle
du cercueil fut dévissé — belle comme elle
l'était quand elle se promenait de son vivant
dans les rues de New-York. Mais, hélas ! elle
était froide comme du marbre, morte et bien
morte ! Dixon, Jack et moi, après l'avoir dé-
pouillée de ses vêtements funèbres, sauf de sa
chemise, nous fîmes glisser le corps dans un
sac de toile et laissant là la chapelle ouverte, le
cercueil vide, nous nous enfuimes le plus vite
possible pour sortir du cimetière et pour ga-
gner un coin de la baie où nous attendait une
embarcation destinée à éviter les gardes des
ferry boats et les hommes de la douane. En
effet, notre bateau de pêche ne pouvait pas
faire naître de soupçons sur le genre de travail
que nous opérions.

« Dès que nous eûmes placé notre funèbre
butin en lieu sûr, Dixon me dit :

« — Tu feras bien de retourner à New-York
par le *ferry boat* : notre canot ne peut pas

porter plus de trois personnes; il pourrait s'enfoncer dans l'eau. »

« J'obéis à cette injonction et je vis mon camarade et le *sexton* s'éloigner et disparaître dans la brume, emportant le cadavre acheté par le docteur.

« Au moment où je me retournais pour remonter vers Broocklyn, j'aperçus par terre quelque chose qui brillait. Je me baissai et je trouvai sous ma main le trousseau de clefs de Dixon.

« C'est alors qu'une pensée infernale me vint à l'esprit. Un docteur du haut de la ville, M. Legrand, m'avait depuis longtemps demandé un cadavre et je me dis que celui de la fille du fossoyeur ferait bien son affaire. Serais-je assez fort pour réussir tout seul? Je l'ignorais, mais du moins j'essaierais l'entreprise.

« Je remontai donc vers le cimetière et sautai de nouveau par dessus le mur comme nous l'avions déjà fait une heure auparavant. Parvenu près du caveau des Dixon, je cherchai à ouvrir la porte, qui, à mon grand étonnement était tout contre : on avait oublié de la clore sérieusement.

« Soulever la pierre tombale, descendre dans la case de miss Dixon, arracher le couvercle du cercueil et tirer le cadavre hors de sa dernière demeure, tout cela fut l'affaire d'environ vingt minutes. Le plus difficile était à faire. Il s'agissait d'emporter le cadavre et je n'avais rien pour l'envelopper.

« En me baissant par terre, je palpai une sorte de couverture de laine que je jetai hors du trou. Cet objet, par chance, était de couleur sombre. Je trouvai également une corde; j'étais favorisé au delà de mes désirs.

« J'avais déposé le cadavre sur le rebord du caveau et je me disposais à l'empaqueter de façon à dissimuler la nature de mon fardeau, quand j'entendis pousser un soupir à mes côtés. Immédiatement je fis un bond en arrière. Ce même bruit se renouvela et je voulu savoir quelle en était la cause. Horreur! la fille de Dixon n'était pas morte : on l'avait ensevelie atteinte de catalepsie. Ma position était des plus perplexes.

« — Morris, me dit-elle enfin de sa voix la plus douce, comment se fait-il que vous soyez ici ? »

Je balbutiai ce qui me passa par la tête et elle ajouta :

« — Je vous dois la vie, mon brave garçon : aidez-moi à regagner la maison de mon père.

« — Mais vous ne pouvez pas marcher ? objectai-je.

« — J'essaierai ; nous irons doucement.

« — Couvrez-vous avec cette serpillère, » dis-je à la ressuscitée.

« C'est ce qu'elle fit, et comme elle était revêtue de sa robe, qu'elle portait des souliers, suivant l'usage américain, nous pûmes traverser les allées, et arriver vers le mur d'enceinte. Je l'aidai à traverser de l'autre côté et nous nous dirigeâmes vers la baie.

« Le hasard me fit trouver sur le rivage un pêcheur qui allait prendre la mer. Je lui proposai moyennant finances de me conduire

jusqu'au *warf* de Houston-street, et il consentit
à ce que je lui demandais.

« Une fois là, il aida ma compagne à sortir
du batelet et nous souhaita bonne nuit comme
on l'eût fait à deux fiancés rentrant honnê-
tement chez eux.

« Miss Dixon me remercia une fois encore de
tout son cœur du service que je lui avais rendu,
sans me demander cependant par quel hasard
je me trouvais dans le cimetière à cette heure
de la nuit.

« Nous avancions péniblement, lorsque
tout à coup la jeune fille chancela et tomba
sur le pavé. Je crus qu'elle succombait à la
fatigue, aux émotions.; je lui frappai dans les
mains, j'allai chercher de l'eau à une fontaine
voisine pour lui rafraîchir le visage. Aucun de
ces moyens ne parut réussir.

« Je me sentais très mal à l'aise. A ce moment
un cab passa dans la rue. Je hélai le cocher
et le priai de m'aider à transporter chez elle
une dame de mes connaissances qui venait de
se trouver mal.

« Le cabman obéit. Que devais-je faire ? J'allais conduire chez le docteur Legrand le cadavre réellement cadavre de Clara Dixon.

« Ce qui fut dit fut fait. Guidé par mes ordres, le cabman s'arrêta devant la porte du praticien. Comme cela était convenu, je sonnai à la porte trois fois par trois fois. Le docteur lui-même vint m'ouvrir et, sur un mot que je lui glissai à l'oreille, joua parfaitement la comédie. Il avait enfin son sujet. »

Tel fut le récit de Morris, récit qui me fut communiqué par le juge lui-même. Il fut condamné à la fois pour vol et pour violation de sépulture par la *Court of Session* de New-York et fut envoyé à Sing-Sing, les galères du fleuve Hudson.

Dixon le père continue toujours son commerce.

UNE PENDAISON A NEW-YORK

« N'est pas pendu qui veut, » dit un prover-
be américain, mais il serait plus juste de dire :
« N'est pas pendu qui le mérite. »

Il n'est pas un de mes lecteurs qui ne sache
comment on procède pour le supplice de la
pendaison. Il faut, comme pour un civet de
lièvre, non pas un lièvre, d'abord, mais un
condamné à mort, puis une potence; pour la

sauce, on a la corde, et l'échelle est l'assaison-
nement. Ainsi l'on parvient à façonner l'horrible
plat que le bourreau sert à l'avidité du public.

Pour parler plus sérieusement, si la pendaison
n'est plus de *mode* parmi nous, elle existe encore, dans plusieurs pays, en Angleterre et aux
États-Unis entre autres.

Dans ces deux pays, les exécutions ne se
font pas en public, mais bien dans l'intérieur
des prisons. Je n'ai jamais vu pendre à Lon-
dres, mais j'ai eu l'épouvantable *chance* d'as-
sister à une pendaison à New-York, et je vais
en raconter les péripéties à la fin de cet article.

New-York a pour prison une énorme et
massive construction de pierre qui, à l'exté-
rieur, ressemble à un vaste monument du
temps des Pharaons et des Aménophis. Qu'on
se figure un temple égyptien ayant huit tours
carrées, dont quatre aux angles et quatre dans
les milieux. Du côté ouest s'ouvre la grande
porte ferrée, qui sert d'accès dans la geôle
monumentale. Le bâtiment central est divisé en

3.

quadrilatère par de vastes cours qui commu-
niquent avec ce bâtiment à l'aide de ponts de
bois jetés entre les deux parois, comme qui
dirait entre deux fenêtres. Du côté nord, un de
ces ponts de bois est surmonté par une poutre
solide, scellée dans les deux murailles, au milieu de laquelle est vissé un énorme piton de
fer destiné à recevoir la corde.

Ce pont et cette poutre servent à la pendaison
des criminels condamnés à mort.

Et voici la façon dont on opère pour ces
exécutions :

Le malheureux qu va rendre compte à Dieu
des fautes qu'il a commises sur la terre pénètre
sur le pont, appuyé sur le bras du ministre
protestant ou du prêtre catholique requis pour
le réconcilier avec le Seigneur; il est revêtu
d'une robe blanche en coton, et porte sur la
tête une cagoule de même étoffe. Ses mains
sont liées derrière le dos.

Derrière lui marche le shérif, — un magistrat des plus considérés dans la ville, — qui lit
la sentence de mort décrétée contre le coupa-

ble, rabat sur ses yeux la cagoule de cotonnade, et lui passe le nœud coulant au cou, tandis qu'un des geôliers de la prison amarre solidement les pieds du condamné à mort.

— *Go in peace* (allez en paix !), dit alors le shérif à ce dernier.

Et sur ces paroles tout le monde se retire, les uns d'un côté, les autres de l'autre du pont de bois, qui, aussitôt vide, tombe à six mètres plus bas dans une rainure, laissant le condamné suspendu en l'air, la colonne vertébrale cassée et gigotant dans l'espace.

La cagoule de coton a pour destination d'empêcher de voir les convulsions horribles de la face du malheureux.

Tout est fini. La justice des hommes a été satisfaite : celle du ciel commence.

Une heure après avoir été pendu, le corps du supplicié est décroché, on le couche dans une bière en sapin et on le conduit dans un tombereau peint en noir, à Blackwells-Island, où il est enseveli dans un trou creusé dans ce rocher-cimetière.

Nous avons dit en commençant cet article
que « n'était pas pendu qui le voulait ». Nous
allons raconter ici deux exemples qui sont de
la plus scrupuleuse vérité, et qui donnent
l'idée la plus exacte des mœurs américaines.

Un homme est mort, il y a deux ans, rue Le-
mercier, à Batignolles, qui avait eu sa célé-
brité criminelle à New-York et mérité gran-
dement le supplice de la corde. Cet homme,
échappé par miracle à la justice de son pays,
était venu se faire oublier dans notre grande
ville. Il se nommait Charles Colt et était frère
de l'inventeur du pistolet-revolver qui porte ce
nom dans les annales de l'arquebusterie.

En 1847, il vivait à New-York, sur la route
de Herlem, dans une maison de bois, entou-
rée d'un jardin et éloignée de toute habitation.
Il demeurait là en compagnie d'une femme
plus âgée que lui, qu'il avait épousée pour
l'argent qu'elle possédait et avec laquelle il se
querellait souvent.

Un jour, dans un mouvement de colère, Colt

assomma sa femme d'un coup de massue appliqué sur la tempe.

En présence de ce cadavre, le malheureux ne songea qu'à le faire disparaître au plus tôt. Une pensée infernale lui traversa l'esprit. Il coupa le corps de la morte en morceaux, les enfouit dans une caisse en les salant, très fortement puis il transporta le funèbre colis sur un camion à bord d'un navire en partance pour la Nouvelle-Orléans.

Colt avait eu le soin, d'une part, de garder la tête de sa victime, qu'il avait enterrée dans le jardin de la maison; d'autre part, il avait donné une fausse adresse à la Nouvelle-Orléans, en dissimulant son nom comme expéditeur.

Parvenue à destination, la caisse ne put être remise, puisque l'adresse était fausse. On la renvoya à New-York où, ayant été ouverte, le cadavre se montra aux yeux épouvantés des ouvriers chargés de ce soin. La justice, à force d'enquêtes, grâce à un signe particulier (une touffe de poils sur le bas du cou, près de l'épau-

le droite), arriva à découvrir le coupable. La
tête enterrée fut retrouvée dans le jardin ; bref,
Colt fut condamné à être pendu. Il va sans dire
que la famille du malheureux Colt fit toutes
les démarches possibles pour le faire gracier.
On n'obtint pas même un sursis.

La veille du jour où Colt allait être exécuté,
le feu se déclara dans l'intérieur des Tombes,
et les pompiers survinrent aussitôt pour
éteindre l'incendie.

Un de ces *firement* gagné par la famille de
Colt, apporta au condamné un costume de
pompier à l'aide duquel celui-ci, dont la cellule
avait été ouverte par un geôlier également
acheté, disparut au milieu de la foule grâce au
tumulte et au bouleversement que le feu avait
produits dans la prison.

Lorsqu'on s'aperçut de la fuite de Colt, il
était trop tard. L'assassin avait quitté New-York
et s'était perdu dans les déserts américains. Il
se rendit ainsi, d'étape en étape, dans l'Utah, à
San-Francisco, au Mexique et, de là, en France,
où il vécut ignoré, à Paris, sous le nom de

Charles Kavannagh, qui était celui de sa mère.

Avant de mourir, Colt qui était protestant, fit mander le pasteur et, en sa présence, devant un témoin, — un de ses voisins, — de qui nous tenons ces détails, — leur révéla la vérité sur sa vie et sur son identité.

De ce criminel échappé à la pendaison, je passe au second : une femme qui l'échappa belle, grâce à l'audace de son avocat. C'est encore là un trait des mœurs américaines qui mérite de trouver place dans ce récit.

Une femme nommée Mirhen Salomon, de Broocklyn, — avait empoisonné son mari au moyen d'un gâteau assaisonné du plus infernal poison. L'homme était mort dans les deux heures qui avaient suivi l'absorption de la part de gâteau qui lui était réservée.

Le coroner ayant reconnu la présence du poison dans l'estomac et les intestins de la victime, la femme fut emprisonnée, et le jour du jugement arriva à la *Court of sessions* du City-Hall.

L'avocat chargé de défendre cette malheureuse — Mᵉ Van Armand, de Chicago — plaida la non-culpabilité de sa cliente, déclarant que le gâteau n'était pas empoisonné et qu'il allait en donner les preuves. La pièce de conviction se trouvait devant les yeux du jury. Mᵉ Van Armand se le fit apporter, et là, devant les juges, devant le public, prit un morceau de ce gâteau et l'avala sans sourciller, avant qu'on eût pu l'empêcher de commettre un pareille imprudence.

Au milieu de l'étonnement général, la porte de côté de la salle d'audience s'ouvrit; un homme apportait à Mᵉ Armand une dépêche qui lui annonçait la mort subite de son père.

Van Armand pria le président des assises de lui donner quelques minutes de répit pour se remettre de cette émotion et pour répondre à sa famille de Chicago.

Il sortit pendant dix minutes et revint bientôt continuer sa plaidoirie. Lorsqu'elle fut achevée, il s'assit tranquillement, attendant le résultat de l'examen du jury.

Tous les assistants s'attendaient à voir l'avocat se tordre bientôt dans les convulsions,
grâce à la violence du poison. Mais Van Armand ne sourcilla pas un instant. Les jurés
prolongeaient la rédaction de leur sentence.
Bref, après une heure, Van Armand ne ma-
nifestant aucun symptôme d'empoisonnement,
le verdict du jury fut lu... il acquittait l'em-
poisonneuse.

Que s'était-il donc passé ? Van Armand avait
gagné deux médecins qui lui avaient apporté
dans la chambre attenante aux assises un con-
tre-poison irrésistible. Pendant qu'il allait
répondre à la fausse dépêche qu'on lui avait
remise, il avait avalé la drogue préservatrice
et était revenu s'asseoir à sa place.

Il fut bien un peu malade des suites de cette
aventure, mais du moins il n'avait pas faibli
et nul ne s'était aperçu du malaise qu'il éprouvait.

Lui aussi avait arraché un coupable à la
pendaison. La femme Salomon était acquittée, et

elle se hâta de se rendre en Australie où elle vit peut-être encore.

En 1848, je revenais du Mexique à bord d'un navire de guerre, le *Washington*, qui me rapatriait de Galveston où j'avais été très grièvement malade de la fièvre jaune, con- tractée à la Vera-Cruz où cependant je n'avais passé que cinq heures. A bord du steamer se trouvait un officier très taciturne, qui semblait méditer quelque mauvais coup. Telle était l'opinion des passagers, — la mienne entre autres, — et celle de tous les matelots, qui ne comprenaient rien à la sauvagerie de James Connor.

C'est à peine si cet hypocondre desserrait les dents pour commander les manœuvres, et encore il se servait plus souvent du sifflet que de sa voix.

Un jour, vers deux heures de l'après-midi, nous étions assis sur la dunette, fumant ces purs havanes que le capitaine du *Washington* nous avait offerts, quand nous vîmes l'officier

Connor sortir de l'habitacle et poursuivre un matelot qui fuyait devant lui.

— Help! help! criait ce dernier couvert de sang.

James Connor terrassa le malheureux d'un coup de sabre et lui traversa la poitrine. Un second matelot qui vint au secours de son camarade fut également massacré, et le furieux, qui menaçait tout le monde ne pu être terrasse et garrotté qu'après avoir fait subir à sept ou huit personnes des blessures plus ou moins graves.

Était-il fou ? Non. Il déclara que depuis longtemps il méditait l'assassinat qu'il avait commis, le matelot tué par lui l'ayant insulté un jour à la Vera-Cruz, dans un lieu écarté, sans témoins, de telle façon qu'il était impossible de le faire passer devant une cour martiale.

Le marin tué par James Connor ne pouvait pas répondre à une pareille accusation, si bien que l'officier fut mis aux fers et dégradé. Quand le navire arriva au port, James Connor fut livré aux autorités criminelles et passa devant la cour d'assises, où, malgré les efforts de son avocat, — un des plus habiles du barreau de New-York, — il fut condamné à être pendu.

C'est en vain que la famille du criminel fit des démarches auprès de qui de droit, du président des États-Unis même, — pour obtenir la commutation de peine. Tout fut inutile.

Le jour de l'exécution fut désigné au 7 décembre, à dix heures du matin.

J'avais été cité comme témoin dans cette déplorable affaire. Mon opinion, semblable à celle de trois ou quatre autres passagers, du *Washington*, était que James Connor avait été atteint d'une *monomanie rubescente*, qui l'avait poussé au meurtre ; mais comme on le voit, mon avis n'avait pas été trouvé bon. James Connor allait mourir.

Le malheureux fit appeler un ministre protestant, qui reçut sa confession ; il déclara qu'il reconnaissait juste la sentence des juges et du jury, et se confessa publiquement devant les geôliers, exprimant à voix haute le repentir de son crime.

J'avais sollicité et obtenu la permission de voir l'exécution de ce malheureux, et le shérif m'avait fait placer au premier rang, en face du pont de bois sur lequel le dénouement fatal allait être joué.

Je vois encore cette scène, à l'heure où j'écris ces lignes, comme si elle se passait devant mes yeux.

La fenêtre-porte de droite, en face du public, s'ouvrit à dix heures sonnant au beffroi des Tombes. Le condamné sortit le premier, drapé dans sa robe blanche. Le ministre protestant le soutenait par la taille et lui adressait des paroles de consolation.

— *It is time* (il est temps), dit le shérif à haute voix, et il lut à James Connor la sentence qui ordonnait sa pendaison, tandis que le geôlier lui *ligottait* les jambes.

Le ministre et le geôlier s'étaient retirés vers a fenêtre gauche, tandis que le shérif passait le nœud coulant autour de la tête du patient, dont le visage était blanc comme du linge.

— *Go with God* ! s'écria le shérif en rétrogradant vers la fenêtre droite avec célérité.

Et à peine était-il rentré à l'intérieur que le pont tombait entre ses rainures de fer. James Connor était suspendu à la poutrelle, gigotant, jouant des jambes.

Ah ! quel spectacle ! Il a bien souvent hanté mes rêves. L'agonie, paraît-il, dura plus de dix minutes. Je m'étais évanoui de peur, et il me fut impossible de sortir des Tombes sans le secours d'un de mes confrères en journalisme qui me donna le bras jusqu'au *bar room* le plus voisin, pour me réconforter avec un verre de brandy.

Et il y a des gens, cependant, qui paieraient cher pour jouir ! ! ! d'un pareil spectacle ! Horreur !

UNE TERRIBLE AVENTURE

La tempête faisait rage au milieu d'une nuit des plus obscures. Le vent soufflait sans discontinuer. Le vêtement que je portais était transpercé par la pluie et mes grandes bottes remplies d'eau. Des éclairs incessants sillonnaient les nuages et les éclats du tonnerre se répercutaient de montagne en montagne.

Ce bouleversement de la nature pouvait être grandiose, mais il était loin de sembler agréable à un pauvre voyageur errant à l'aventure dans un pays inconnu, ayant perdu son chemin et ne pouvant pas voir au delà des oreilles de sa monture.

La situation était réellement perplexe.

Je me trouvais en effet en plein Far-West, plus éloigné de l'océan Atlantique que je ne l'avais été jusqu'alors, dans mes lointaines pérégrinations.

Une affaire à conclure m'avait entraîné dans ces parages, et j'emportais avec moi une grosse somme que je devais remettre à quelqu'un dans le plus bref délai possible.

L'extrême désir que j'avais de remplir la mission dont je m'étais chargé m'avait entraîné à dépasser la station où j'aurais dû rester pour la nuit : j'avais cru qu'il me serait possible d'atteindre le relais suivant avant la chute du jour.

Mais la tempête était survenue, j'avais quitté la route sans m'en apercevoir et mon cheval butait à chaque instant contre des troncs d'arbres abattus, s'enfonçant ensuite dans la boue jusqu'aux genoux : il m'était impossible de diriger la pauvre bête que j'avais abandonnée à son instinct, pour me tirer d'embarras.

La pluie continuait à choir par torrents : on eût dit que l'eau devait arracher la terre fangeuse jusqu'à ce qu'elle eût rencontré le tuf ou le rocher.

Je me sentais transpercé jusqu'aux os, et plus mon cheval avançait, plus il enfonçait dans le bourbier. A un moment donné, le bon animal s'arrêta net et refusa de faire un pas de plus.

J'eus beau lui enfoncer les éperons dans les côtes, j'eus vainement recours à l'usage du fouet, l'animal se raidissait, je le sentais trembler entre mes jambes, en proie à la plus grande terreur.

Je me vis donc obligé de mettre pied à terre pour le conduire par la bride.

Quelle ne fut pas ma surprise, lorsque je mis la main sur la tête de mon cheval, de m'apercevoir qu'il la reposait contre une muraille. J'étendis de nouveau le bras et je me réjouis

4

intérieurement en touchant la paroi d'une hutte faite avec des troncs de bois superposés.

— Enfin ! voici un abri ! me dis-je à part moi. C'est plus que je ne mérite pour avoir fait la folie de m'aventurer plus loin que je n'aurais dû aller. Je vais fort probablement me coucher sans souper. Dieu sait pourtant si je serais puni, car je meurs de faim.

Je passai aussitôt les rênes de mon cheval dans mon bras droit et je contournai la cabane, en cherchant la porte d'entrée.

Parvenu à l'angle, j'aperçus enfin un jet de lumière à travers une fissure. Sans chercher à savoir qui se trouvait habiter cette demeure agreste, je m'avançai vers l'huis et je frappai plusieurs coups en demandant la permission d'entrer.

On ne me fit pas attendre : la porte s'ouvrit tout d'un coup et je me trouvai face à face devant un homme de haute taille et d'une maigreur surprenante.

Cet inconnu, fort mal vêtu, avait le chef recouvert d'un feutre à larges bords qu'il avait

posé « à la crâne » sur un des côtés de sa tête.
Un vaste manteau, troué en divers endroits,
l'enveloppait des épaules jusqu'aux pieds. On
devinait rien qu'à voir ce personnage qu'il
était d'une force musculaire sans pareille.

De la main gauche il tenait l'épaisseur de la
porte, prêt à la refermer si cela était nécessaire
pour sa sûreté, et de la main droite il mon-
trait la gueule d'un revolver système Colt, cet
inséparable compagnon de tout pionnier américain.

De l'examen minutieux, quoique rapide, de
la toilette du maître de la cabane, je passai à
celui de son visage. J'avoue que jamais je
n'avais vu des traits plus hideux. Ils étaient
allongés et émaciés. Les joues saillantes, les
yeux petits et brillants, le nez semblable au
bec d'un aigle, un front bas et étroit et une
bouche large, ornée de longues dents pareilles
à des défenses de sanglier: tel était l'ensemble
de ce *facies* peu fait pour rassurer un voyageur égaré. J'ajouterai, pour achever le por-
trait, que l'individu portait une sorte de royale

qui lui couvrait tout le menton. Si ses lèvres et
ses joues étaient rasées d'habitude, on voyait
bien que l'acier n'avait pas fait son office depuis
une semaine.

Après avoir jeté sur moi un regard sinistre
et m'avoir examiné de la tête aux pieds, le
maître de la cabane remit son revolver dans
sa poche et me demanda, de cette voix nasillar-
de qui caractérise le Yankee :

— Eh bien! que voulez-vous, étranger?

— Ce que je veux? Que diable! cela se voit
sans qu'on le demande. J'ai perdu mon chemin
et je suis trempé « comme une soupe ».

— Ce n'est pas ma faute, répliqua le bourru
personnage, qui avait fait un pas en arrière,
comme s'il eût voulu refermer la porte.

— Je demande asile, m'écriai-je. Voyons,
mon brave! je suis à moitié noyé.

— En effet, on dirait que vous avez passé
vos effets à la lessive, nasilla-t-il encore ne
montrant tous ses boutoirs, — une sorte de
sourire.

— De grâce, mon cher monsieur, permettez-

moi d'entrer, répliquai-je en étendant une main
vers le feu qui brillait dans l'âtre. Je vous prie
de donner un peu de nourriture à mon cheval
et de m'accorder l'hospitalité. Je suis prêt à
payer ce qu'il faudra pour ce double service.

— C'est bien ! Il y a une écurie là, à votre
droite, pour y remiser votre cheval, fit-il en
m'indiquant l'endroit. Occupez-vous de ce
soin vous-même, étranger; puis vous revien-
drez par ici me retrouver.

Il m'était impossible de reculer; je fis ce que
m'indiquait le personnage et, après avoir
pourvu à la provende de ma bonne bête je re-
fermai la porte de l'étable et, m'emparant de
mon sac de voyage, je fis mon entrée dans la
cabane. Certes, la demeure n'était pas des plus
confortables. Celui qui l'avait construite s'était
contenté de superposer les uns sur les autres
des troncs d'arbres et de boucher les interstices
par de la boue pétrie avec de la paille hachée.
En différents endroits cet enduit s'était détaché
et le vent soufflait par les fissures.

Le sol était couvert d'une sorte de macadam

grossier, et dans un angle de cette demeure primitive quatre grandes pierres plates, l'une servant de foyer, la plus grande de plaque de cheminée, les deux autres de côtés, formaient l'âtre dans lequel brûlait un feu de bois parfaitement entretenu, qui, malgré la fumée, me fit un plaisir extrême.

Mon hôte me sembla de prime abord tout à fait endormi devant le foyer. Sans trop m'occuper de lui, je me débarrassai de mon pardessus et de mon veston que j'étendis devant la flamme pour les sécher. Cela fait, je déposai par terre mon portemanteau, pour me servir d'oreiller afin de dormir, si je pouvais y parvenir.

— Eh bien ! étranger, fit tout à coup mon hôte, en me regardant avec fixité, vous pourriez être plus poli et me donner quelques nouvelles. Nous ne voyons pas souvent du monde par ici, et je ne veux pas perdre l'occasion d'apprendre ce qui se passe dans les pays civilisés.

— Excusez-moi, monsieur, je vous croyais

endormi ; c'est pour cela que je me taisais, de crainte de troubler votre repos.

— Auriez-vous faim ? demanda-t-il.

— Oui, certes ! une faim de naufragé, répondis-je avec empressement.

— Dans ce cas, un morceau de bœuf salé ne vous paraîtra pas à dédaigner.

Et tout en parlant ainsi le pionnier plaça devant moi une assiette de bois contenant la viande cuite ; il m'offrit même un morceau de pain dur.

— Vous ne pouviez pas me faire plus de plaisir, lui dis-je alors, en lui adressant un sourire en guise de remerciement.

— Je pense que vous avez également soif, ajouta le grand sauvage, après m'avoir vu dévorer le pain et la viande.

— Comme le Sahara, répondis-je.

— Je ne connais pas madame Sahara, fit mon hôte ; mais j'ai pour connaissance une certaine Polly qui boit comme un trou. Une machine à double pression n'est rien, comparée à Polly. Il lui faut plus de liquide pour se désaltérer qu'à un steamboat du Mississipi ; et lorsqu'elle est bien chauffée, elle est aussi dangereuse qu'un bateau à vapeur pour les explosions. Ah ! ah ! ah !

— Qu'avez-vous à me faire boire, mon cher hôte? lui dis-je.

— Du whisky de Bourbon. Voyons ! avalez-moi ça, et vous n'aurez plus froid.

Je ne me le fis pas dire deux fois. Je grelottais, quelle que fut la chaleur du foyer, et d'ail_ leurs je ne voulais pas me refroidir, prendre mal et me trouver dans l'impossibilité de continuer ma route.

Tandis que j'ingurgitais quelques lampées de ce chaleureux breuvage , mon compagnon s'était tu. Quant à moi, je réfléchissais à l'erreur fréquente des appréciations humaines.

— Voilà un homme, me disais-je *in petto* dont l'aspect est repoussant. A première vue, on le prendrait pour un vrai bandit, capable de tout, hors de faire le bien. Je me suis cependant trompé. Non seulement il m'a offert l'hospitalité, mais encore il me donne à boire à ma soif. Allons! allons! je ne me fierai plus désormais aux apparences.

Tandis que je réfléchissais de la sorte, je m'arrangeai de façon à prendre du repos ; mais ce silence ne convenait pas à mon hôte. Je le vis qui allongeait ses grandes jambes, comme s'il avait l'intention de m'administrer un coup de pied.

— Le diable me garde, si vous n'êtes pas le plus paresseux de tous les farceurs que j'aie jamais rencontrés sur mon chemin. Voyons ? ne savez-vous donc rien ? n'avez-vous rien à m'apprendre ?

Cette interpellation me fit tressauter, mais je finis par sourire et je lui répondis:

— Je n'ai malheureusement rien à vous raconter. Je regrette fort de ne pas avoir l'imagination féconde d'un journaliste, j'inventerais alors quelque histoire pour vous distraire.

— Là ! là! mon brave camarade de lit; pas d'impatience, s'il vous plaît. M'est avis que vous êtes de Boston, car tous les gens originaires de cette ville sont des « gna-gna ». A

4.

quoi sert d'avoir avec soi un journal s'il ne contient rien d'intéressant ? Supposons qu'il donne les détails d'un meurtre ou d'un vol qui ait eu lieu ; oh ! alors, cela captive votre attention ; mais en admettant que les faits soient inventés, du moment que vous ne connaissez par les individus nommés dans l'article, cela est fort indifférent, n'est-il pas vrai ?

Je n'avais pas à argumenter avec mon interlocuteur et je me serais d'autant moins hasardé à le faire, qu'il ne me semblait pas le moins du monde disposé à supporter la contradiction. Aussi je me contentai de répondre ceci :

— Oh ! vous avez parfaitement raison.

— Vous n'avez sans doute pas l'intention de dormir tout de suite, me dit le pionnier.

— Ma foi si, répliquai-je, car je suis très fatigué.

— Cependant, à mon avis, il n'est pas prudent de reposer dans ce pays, à moins d'avoir l'habitude de garder un de ses yeux ouverts.

— Mais ne sommes-nous pas en sûreté, en ce lieu ?

— Je ne dis pas cela. Seulement, comme vous êtes étranger dans ce pays, à ce que je crois, du moins...

— C'est l'exacte vérité.

— Je m'imagine que vous avez entendu parler de Silas Cass... et je dois vous dire qu'il hante ces parages...

— Silas Cass !

— En effet, j'avais ouï parler de ce bandit, l'un des plus audacieux, des plus féroces qui eussent jamais commis leurs déprédations dans les défrichements de l'Amérique. On disait — et ce n'était pas sans motifs — qu'il s'était rendu coupable de plus de meurtres et de vols qu'aucun criminel au monde. Seulement, le scélérat avait su toujours déjouer la justice humaine. Quoiqu'il y eût de graves soupçons sur son compte, il avait pu échapper à la punition qu'il méritait.

Plus je regardais la figure diabolique qui se trouvait devant mes yeux, plus je me convainquis que mon hôte était réellement l'infâme Silas Cass. Une sueur froide coula le long de mes tempes, et la peur me prit à la gorge.

Une expression diabolique s'était manifestée en même temps sur le visage de mon hôte, à mesure qu'il avait remarqué ce sentiment d'effroi que je n'avais pu réprimer: Ses yeux brillaient comme ceux d'un chat qui aurait fasciné un oiseau surpris par lui dans sa cage.

Je repris courage, cependant, et je pus répon- dre :

— J'ai bien entendu parler de ce Silas Cass, mais, à vous parler vrai, j'ajoute peu de créance à toutes les histoires qu'on raconte à son sujet. Il y a des gens qui n'ont pas de chance dans la vie, et je crois que Silas Cass a eu la mauvaise veine d'être injustement soupçonné. Jamais on n'a pu trouver de preuves contre lui, et aussi je préfère lui accorder le bénéfice d'un doute, et je crois qu'il est plus malheureux que coupable.

L'infâme brigand se mit à rire à gorge déployée, de ma crédulité sans doute. Il me tendit sa bouteille de whisky et m'engagea à boire.

Je portai donc la bouteille à mes lèvres, mais je fis semblant d'ingurgiter une grande lampée de liqueur, tandis que ma langue fut à peine mouillée.

— Vous êtes un drôle de particulier, s'écria le bandit. A propos, vous devez avoir une belle somme de dollars dans votre sac, qui me paraît fort lourd?

— Vous faites erreur : les pièces d'argent sont en petit nombre, et puis j'ai une histoire qui concerne l'argent que j'ai là.

— Fort bien ! répliqua Silas en me tendant le verre qui contenait le whisky. Mais buvez donc.

Je m'emparai de la bouteille et je la tins collée à mes lèvres si longtemps que le scélérat semblait craindre qu'elle ne fût entièrement vidée. Les yeux lui sortaient de la tête.

— Damnation ! quel buveur vous faites, dit-il.

— Ma foi! je ne déteste pas cela, fis-je en donnant à ma voix les intonations d'un ivrogne. Mais je vais vous raconter l'histoire relative à mes dollars.

— Ah! oui! murmura Silas. Allons-y.

— Je vous dirai, ajoutai-je d'une voix enrouée par la boisson, que j'ai été honnête, autrefois.

— Ah! autrefois, fit le bandit en ouvrant les yeux.

— Oui, répliquai-je, j'étais employé dans une des banques de New-York, en qualité de premier caissier; mais je me suis laissé entraîner à boire et à jouer et j'ai perdu tout ce que j'avais.

— Ah! ah!

— Si bien qu'un jour j'ai vidé la caisse et que j'ai pris la poudre d'escampette.

— Et l'affaire était-elle bonne? demanda Silas.

— Pas mauvaise, et pourtant... A propos, avez-vous par hasard un jeu de cartes, ici?

— Ma foi, oui ! nous allons jouer au pocker, voulez-vous?

— Comme bon vous semblera.

Je sentis mon cœur battre plus à l'aise dans ma poitrine, lorsque Silas Cass tira de sa poche un paquet de cartes graisseuses, qu'il emmêla, tailla et distribua avec l'habileté prestidigitatrice d'un joueur consommé.

La canaille trichait à chaque coup et je perdais régulièrement ; mais je n'en continuais pas moins à jouer, tout en maugréant contre ma malechance avec la voix d'un homme ivre, ce qui faisait rire mon partenaire.

Ce qui mit le brigand au comble de la joie, c'est quand il vit que je me disais ruiné: il alluma alors sa pipe et se mit à fumer.

Au lieu de lâcher des bouffées de tabac comme le font les fumeurs, Silas Cass aspirait et ouvrait la bouche, de façon à laisser sortir le nuage qui s'envolait en spirales et entourait sa tête comme d'une auréole.

Chaque fois qu'il gagnait, le bandit donnait une accolade à la bouteille de whisky et buvait à perdre haleine. Quand le contenant fut vide, il alla chercher une seconde bouteille qui se trouvait placée sur une planche au fond de la cabane.

Cette bouteille disparut comme la première ; mais, au lieu de s'enivrer, Silas Cass semblait être plus solide au fur et à mesure qu'il buvait.

Tout en ramassant mes dollars, le voleur consommé agitait ses jambes ; on eût dit qu'il voulait danser. C'était grotesque et sinistre à la fois.

Il chantonnait des refrains entrecoupés de propos d'un cynisme révoltant, et, ce qui rendait la situation plus terrible encore, c'est que l'orage redoublait au dehors. Les éclats de tonnerre ébranlaient la cabané qui nous servait d'abri, et les éclairs, à travers les fissures des troncs d'arbres, faisaient pâlir les flammes de notre foyer. J'en étais parfois aveuglé. On eût pu se croire en enfer, au milieu de tous les feux qui ardent les damnés.

— Vous avez encore perdu ! s'écria Silas, en ramassant les derniers dollars que j'avais devant moi. Quel remue-ménage là-haut, ajouta-t-il en levant sa main vers les poutres de la cabane, pour indiquer le ciel. M'est avis que les joueurs de boules du paradis se livrent à une partie de quilles infernales. Voyons! à nous deux! que jouons-nous encore?

— Il ne me reste plus rien, murmurai-je.

— Bah! je joue cinq dollars contre votre portemanteau.

Je savais qu'il lui appartiendrait de toute façon à un moment donné, aussi je consentis à la proposition. Il va sans dire que je perdis comme toujours.

Au moment où Silas se leva pour aller chercher une troisième bouteille de whisky, je me hâtai de griffonner quelques mots sur l'enveloppe d'une lettre, et je glissai cet écrit dans une des poches décousues de mon paletot.

Silas Cass ne s'était aperçu de rien. Il vint reprendre sa place et me força à continuer la partie: il me gagna mon cheval, mes vêtements, l'un après l'autre, et quand cela fut fini, lorsqu'il ne me resta plus rien, je me mis à gémir sur ma mauvaise fortune et à regretter d'avoir touché aux cartes.

Le coquin fieffé se plaisait à me voir ainsi me lamenter : il m'assurait que je pouvais refaire ma situation, car les banques ne manquaient pas aux Etats-Unis.

Après avoir écouté pendant un certain temps ces consolations ironiques, je déclarai que je mourais de sommeil et je m'étendis de mon long, mais de façon pourtant à ne pas perdre un seul des mouvements du bandit qui était mon hôte.

A peine eus-je fait entendre un semblant de ronflement que Silas se leva et tira son revolver de sa poche ; je l'entendis murmurer :

— De tous les imbéciles que j'ai trouvés sur mon chemin, celui-ci est le plus fort. Un voleur, lui, allons donc ! il déshonore la profession. Pourquoi lui casser la tête ? il ne peut pas me nuire. Il a perdu tout son argent au jeu, et d'ailleurs il ne dira rien, si les gens envoyés par la Banque s'emparent de sa personne. Cependant, no serait-il pas plus sage...

Tout en parlant ainsi il avait dirigé le canon de son arme dans l'alignement de ma poitrine.

Jamais, tant que je vivrai, je n'oublierai ce moment-là.

Je savais que le moindre mouvement serait le signal de ma mort. Je restai donc immobile, mais une sueur froide me faisait frissonner des pieds à la tête.

— Bah ! dit-il enfin entre ses dents, qu'il vive... J'ai à m'occuper de l'autre.

Sur ces paroles, il sortit de la cabane dont il referma soigneusement la porte. Je prêtai l'oreille et je l'entendis s'éloigner.

Quand j'eus compris qu'il était à une certaine distance, je me levai d'un seul bond. Ma première pensée fut de fuir au plus tôt ; mais, après y avoir songé, je me dis que ce serait aller au devant de la mort.

Je me plaçai contre la paroi et je regardai au dehors, par l'une des crevasses ouvertes entre les troncs d'arbres.

L'orage continuait à faire rage et, grâce à la

multiplicité des éclairs, je pouvais voir à une certaine distance. Silas s'avançait du côté de la cabane, portant un fardeau pesant sur ses épaules.

Il fit halte sur le bord d'une mare qui se trouvait à dix pas de la cabane et jeta par terre la charge qui avait une forme allongée. Horreur! c'était un cadavre!

Silas tira aussitôt quelques cordes de sa poche et les enroula autour d'une énorme pierre. Cela fait, il attacha les extrémités de ces cordes autour du cadavre et jeta le tout au beau milieu du trou rempli d'eau.

A ce moment, les éclairs se succédaient avec tant de rapidité, que je crus voir le visage de la victime se crisper, ses yeux se tourner vers le ciel, comme pour demander vengeance. La nappe d'eau rejaillit, le corps s'enfonça et disparut. Un instant après, la surface de la mare avait repris son immobilité.

L'épouvante m'avait cloué à ma place. Je pus à peine me traîner jusqu'à la place où je m'étais étendu devant le foyer. Un instant après, Silas Cass ouvrait la porte et revenait près de la cheminée.

Il se débarrassa alors de ses vêtements qui étaient de véritables loques, et les jeta dans un des coins de la hutte. Puis, avec un sang-froid imperturbable , il revêtit mes hardes. Quelques instants après , il sortit emportant ma valise et je ne tardai pas à entendre le galop de mon cheval qui l'entraînait au loin.

Endosser les haillons de ce bandit et m'é-lancer à sa poursuite, tout cela fut l'affaire d'un moment. Je courais à perdre haleine, mais quoique épuisé, essoufflé, et râlant, je ne cessais pas de courir. L'espoir de la vengeance soutenait mon courage. J'aperçus enfin la silhouette d'une cavalier au haut de la montagne.

C'était Silas Cass.

Jusqu'au matin, je le suivis de buisson en buisson, me tenant aussi près de lui que je le pouvais. Si j'avais eu un révolver, rien ne m'eût été plus facile que de priver la société du bandit qui avait si souvent mérité la mort.

J'aperçus enfin une troupe de cavaliers qui se dirigeait de mon côté, et tout aussitôt je bondis en avant et me mis à crier de toute mes forces :

— Arrêtez-le ! à l'assassin ! Arrêtez-le ! arrêtez-le !

Silas s'était retourné et, quand il m'eut vu courir après lui, il tira son révolver des fontes de mon cheval, visa et lâcha la détente. La balle siffla à mes oreilles, mais ne m'atteignit point.

Pendant que ceci se passait, les gens à cheval avaient entendu mes cris et se ruaient du côté de Silas qui hésita, pendant quelques instants, pour savoir s'il m'attaquerait ou s'il continuerait sa route. Lorsqu'il vit les cavaliers courir sur lui, le revolver au poing, il crut plus prudent de fuir à travers la plaine.

Mais le chef de la bande le mit aussitôt en joue et lui ordonna de s'arrêter.

— Voilà bien des affaires, s'écria Silas, et tout cela pour un sot qui a perdu son argent avec moi, en jouant au pocker.

— Arrêtez-le ! arrêtez-le ! cet homme m'a volé : l'argent qu'il a sur lui, les habits qu'il porte, le cheval qu'il monte, tout est à moi !

— Maudite vipère ! hurla Silas Cass. N'avez-vous pas perdu tout cela au jeu dans la cabane du Vallon ?

— Non ! vous avez triché comme un coquin. D'ailleurs, je somme ce gentleman de vous arrêter, car vous avez commis un assassinat. Je vous ai vu... oui, messieurs, je l'ai vu... jeter un cadavre dans la mare qui est près de la hutte. J'avais peur de subir la même destinée, et j'ai eu la précaution d'écrire sur l'enveloppe d'une lettre ces mots : *j'ai été volé et assassiné par Silas Cass*. Signé : *James Ansel*. Vous trouverez ce papier dans la poche gauche de mon paletot qui se trouve sur les épaules de cet homme, qu est bien réellement Silas Cass.

A peine avais-je prononcé ces paroles, que le bandit me visa avec son revolver et pressa la détente. Cette fois, le misérable avait visé juste. Je sentis la balle de son arme dans mon bras droit.

Mais, au même instant, l'un des cavaliers assénait sur le crâne de ce misérable un coup de crosse de fusil et il tombait lourdement par terre.

. . . .

Silas fut remis aux mains des autorités et fouillé des pieds à la tête. On trouva dans la poche indiquée le billet que j'avais écrit et glissé au fond de la doublure.

Le cadavre attaché à la pierre fut ensuite retiré du gouffre où le bandit l'avait jeté, en croyant faire ainsi disparaître son crime.

Les preuves que j'avais données furent convaincantes, et j'eus le plaisir de voir pendre quelques jours après le scélérat qui avait si longtemps jeté la consternation dans le pays qu'il avait choisi pour le théâtre de ses déprédations.

On me rendit la somme que je réclamais,

mes vêtements et mon cheval, et je pus continuer ma route, en jurant qu'une autre fois je
ne voudrais pas aller plus vite que les violons.

4

PERDU DANS LA FORÊT VIERGE

Il faut avoir visité soi-même ces vastes amas
de végétation luxuriante qui s'élèvent dans les
contrées tropicales de l'Amérique du Sud, pour
se faire une idée de ce que la nature peut pro-
duire de grandiose, de sublime, sous un climat
torride et marécageux. Les forêts de cet éden
végétal n'ont rien de pareil en Europe, et une
forêt des tropiques est aussi peu ressemblante
à une forêt d'Europe que l'est celle de Fontai-
nebleau au parc Monceaux.

A la Guyane française, sur les bords du Marinon, petit ruisseau qui va se jeter dans l'Amazone, vivait, en 1867, un pauvre Français qui
avait quitté l'Europe pour se rendre dans la

colonie et y exercer sa profession de monuisier.
Ses affaires n'ayant pas prospéré, il avai
obtenu une concession de terrain sur les rives
du Marinon et était allé s'y établir en compagnie de sa femme et de ses deux beaux-frères
qui l'aidaient dans son défrichement.

Un matin Claude Perron quitta sa cabane
et s'éloigna sa hache sur l'épaule. Il s'avança
vers le marécage où il avait si souvent abattu
des arbres pour y équarrir ces géants de la forêt
qui fournissent le bois le plus précieux pour
l'architecture navale.

Pendant la saison la plus propice à ce genre
de travail, d'épais brouillards couvrent fré-
quemment la contrée, de telle sorte qu'il est
difficile d'y voir à plus de trente à quarante
pas. De quelque côté que l'on se tourne, les
bois offrent d'ailleurs si peu de variété que
chaque arbre ressemble à son voisin.

Quand le gazon n'a pas été brûlé, il monte si
haut qu'un homme d'une taille ordinaire ne
peut regarder qu'au dessus de sa tête.

Il est donc nécessaire de s'avancer avec une

grande précaution, de peur de s'écarter, sans le savoir, du sentier mal tracé que l'on suit. Sans compter que l'on rencontre, pour augmenter la difficulté, des passages qui se croisent, et alors, à moins d'être parfaitement familiarisé avec les lieux, le meilleur moyen à prendre est de s'arrêter et d'attendre que le brouillard soit dissipé.

Dans de pareilles circonstances, les pionniers les plus habiles sont exposés à perdre leur route pendant quelque temps, et je me souviens moi-même avoir failli m'égarer en poursuivant dans une forêt d'Amérique, un quadrupède blessé qui m'avait attiré loin des chemins battus.

Claude Perron avait marché pendant plusieurs heures, lorsqu'il commença à s'apercevoir qu'il devait se trouver beaucoup plus loin que l'endroit où il travaillait d'ordinaire. A son grand effroi, au moment où le brouillard s'évanouissait, il vit le soleil à la hauteur du méridien, et il lui fut impossible de reconnaître un seul objet autour de lui.

Jeune, vigoureux et actif, il s'imagina qu'il avait marché plus vite qu'à l'ordinaire et dépassé l'emplacement où il voulait se rendre sur le bord du Marnion. Il tourna donc le dos au soleil et s'engagea dans une autre direction. Il marcha ainsi trois ou quatre heures et vit peu à peu le soleil descendre à l'horizon ; mais, autour de lui tout restait comme enveloppé d'un voile de mystère. Des arbres séculaires entre-croisaient leurs vastes rameaux sur sa tête. L'herbe touffue s'épaississait de tous les côtés : pas un être vivant ne se présentait sur son passage ; c'est à peine si ce malheureux entendait, de temps à autre le frou-frou d'un serpent qui fuyait à son approche , ou d'un agouti qu'il avait fait lever de son gîte. C'était comme le spectacle d'un songe monotone et triste de la terre d'oubli. Il errait lui-même comme une âme solitaire qui avait franchi le pays des fantômes, sans rencontrer un être de son espèce avec lequel il aurait pu converser.

La situation d'un homme perdu dans les bois est une des plus cruelles que l'on puisse imaginer. Pour s'en faire une idée, il faut en avoir subi les tristes épisodes. C'est ce qui arriva à Claude Perron.

Le soleil se couchait avec cet aspect rougeâtre qui pronostique l'extrême chaleur du lendemain. Peu à peu ses rayons s'éteignant derrière l'horizon, il ne laissa plus dans le ciel qu'un grand disque de feu.

Des myriades d'insectes remplirent aussitôt l'espace de leurs ailes bruissantes. Les énormes grenouilles du Marinon sortaient de l'eau fangeuse où elles s'étaient cachées pendant le jour; les singes hurlaient dans les arbres, et les grands hérons de l'Amazone volaient en l'air en faisant entendre leurs accents lugubres.

Bientôt les bois retentirent des hululements des grands hiboux, les sifflements des grands serpents coupaient le silence par intervalles, et la brise qui se glissait à travers les colonnes des géants de la forêt, arrivait chargée de gouttes d'une rosée glaciale.

Claude Perron s'étendit sur la terre humide,

renonçant à traîner plus loin son corps accablé de fatigue. La prière est toujours une consolation pour l'homme dans les circonstances difficiles ou dangereuses de la vie. Le malheureux s'adressa à Dieu et implora pour sa famille une nuit plus douce que celle qu'il allait passer lui-même. Il attendit avec une agitation fiévreuse que le sommeil fermât ses paupières.

Quelle fut longue cette nuit monotone et sans lune, et quelle ne fut pas son épouvante, quand, de l'abri qu'il s'était fait sous les branches de deux énormes bananiers, il vit se dresser devant lui un léopard, un énorme serpent, un puma et trois coyotes. Tous ces animaux se tenaient à distance, s'observant mutuellement comme pour s'élancer les uns sur les autres afin de garder la bonne place pour dévorer l'homme qu'ils convoitaient.

Par un bonheur providentiel Claude Perron ne dormait pas, et les quadrupèdes ennemis, aussi bien que le boa, le voyant sur ses gardes, la hache levée, prêt à se défendre, n'osèrent, ni les uns ni les autres, se ruer sur lui.

Avec l'aurore, le danger disparut. Le pauvre Claude Perron se releva, et, le cœur plein de tristesse, il reprit sa marche, espérant toujours passer ainsi près de quelque objet familier, quoique cependant il sût à peine ce qu'il faisait.

Lorsque le soleil parut à l'horizon, il fit un calcul au sujet des heures de jour qu'il avait devant lui et hâta le pas à travers les arbres. Hélas! ses espérances furent déçues. La journée s'écoula en efforts inutiles pour retrouver le chemin de son habitation, et quand les ombres de la nuit revinrent, sa terreur croissante, la fatigue, l'inquiétude, la faim et une faiblesse nerveuse, l'avaient réduit presque au désespoir.

On eût pu le voir à ce moment se frapper la poitrine et s'arracher les cheveux. En proie aux tortures de la faim, il se jeta sur le sol et se nourrit de racines qui croissaient à ses pieds.

Etait-il donc condamné à périr dans ce désert? Il avait parcouru plus de cinquante milles sans avoir rencontré un ruisseau pour étancher sa soif ou même adoucir la brûlante ardeur de ses lèvres desséchées et de ses yeux injectés de sang. Il se disait, avec raison, que s'il ne trouvait pas quelques gouttes d'eau, il devait se résigner à mourir, car sa hache était la seule arme qu'il possédât.

A chaque instant, dans le terrain où il passait, des wapitis et des agoutis s'élançaient devant lui : il ne pouvait en tirer aucun. Il était au milieu de l'abondance et ne pouvait se procurer même une bouchée d'aliment pour satisfaire son estomac vide.

De souffrance en souffrance, Claude Perron avait fini par perdre le souvenir.

Dieu, à la fin, eut pitié de lui et lui fit rencontrer une tortue. Il la regarda d'abord avec un étonnement sans pareil, et quoiqu'il se dit que s'il voulait suivre cette pauvre bête elle le conduirait à quelque source d'eau vive la fin et la soif qu'il éprouvait ne lui permirent pas d'attendre pour dévorer la chair de la tortue et boire son sang.

5.

D'un seul coup de hache il partagea l'animal en deux, et dix minutes après il ne restait plus que les deux morceaux d'écailles.

Claude Perron se sentit ranimé, ses forces lui revinrent et la confiance rentra dans son âme. Il se croyait comme certain de retrouver avant peu sa route et enfin sa maison, sa femme chérie et ses deux beaux-frères.

Le pauvre égaré grimpa dans les branches de l'arbre au pied duquel il avait pris son repas. Restauré par un bon sommeil, il reprit le lendemain sa marche fatiguante. Le soleil s'était levé radieux, et Claude Perron suivit la direction des ombres.

Il allait de nouveau s'abandonner au désespoir, quand il aperçut un raton accroupi dans l'herbe. Lever sa cognée et en frapper l'animal, ce fut l'affaire de deux secondes.

Ce qu'il avait fait de la tortue il le fit du raton, dont il dévora crue la première portion en un seul repas. Il reprit alors sa marche, et, à le voir marcher au hasard, on l'eût pris pour un de ces aveugles qui tâtonnent dans les corridorsd'une prison dont ils ne connaissent point la porte.

Les jours succédèrent aux jours, les semaines aux semaines, et Claude Perron se nourrissait tantôt de choux palmistes, tantôt de grenouilles et de serpents. Tout ce qu'il mangeait dans son chemin lui paraissait exquis, et cependant il devenait de plus en plus maigre et exténué, car un certain moment arriva où il pouvait à peine se traîner.

Quarante jours, au compte de Claude Perron, s'étaient écoulés, lorsque cet infortuné atteignit les bords de la rivière. Ses vêtements étaient en lambeaux, sa cognée ébréchée, sa barbe et ses cheveux sales et horriblement mêlés. Son corps n'était plus qu'un squelette recouvert d'une peau parcheminée.

Il s'était étendu sur le sable pour mourir, lorsqu'au milieu des rêves confus de son imagination fiévreuse il crut entendre le bruit des rames d'une embarcation qui remontait le Marinon silencieux.

Il écouta, mais ce bruit, qui lui rendait l'espérance, mourut dans le lointain : ce n'était encore qu'un songe, la dernière illusion de l'espérance.

Il était peut-être au moment d'expirer, lorsque, tout à coup, un nouveau bruit de rames, bien réel cette fois, tira Claude Perron de sa léthargie. Il écoutait avec une telle avidité, que le vol d'une mouche eût à peine pu échapper à son oreille.

Bientôt ce bruit cadencé s'approcha, et Claude Perron entendit des voix humaines.

Le cœur de ce malheureux bondit de joie : il retrouva assez de force pour se relever. L'œil de Dieu vit ce pauvre homme agenouillé auprès de ce large fleuve qui brillait aux rayons du soleil et quelques moments après des yeux humains l'aperçurent également.

Claude Perron poussa un cri, et, un moment après, il vit au milieu du fleuve, à travers un cannier épais, un bateau conduit par six robustes rameurs et un timonier.

Le malheureux, perdu dans la forêt vierge, poussa un faible cri de joie et de crainte.

De crainte, car il ignorait si ceux qui s'avançaient étaient des amis ou des ennemis.

Les gens de l'embarcation l'avaient aperçu.
Ils virèrent la proue vers le rivage et le cœur
de Claude Perron précipitait ses pulsations. Sa
vue se troublait, sa tête tournait, sa poitrine se
gonflait haletante.

Le bateau atteignit les bords et le malheureux
se trouvait au milieu de ses semblables.

Ceci n'est point une fiction; je n'ai raconté
qu'un fait qui aurait pu être embelli sans
doute par un romancier plus habile que moi.
Le style de la vérité m'a paru plus simple. Je
l'ai écrit d'après le récit même de Claude Perron
que j'ai connu aux Etats-Unis, où il était revenu
après ses aventures.

Sa femme, deux enfants qu'elle avait eu, se
trouvaient avec le héros de cette aventure, et
je n'oublierai jamais les larmes qu'ils versaient
en écoutant pour la vingtième fois peut-être
cette histoire touchante.

J'ajouterai que la distance entre l'habitation
de Claude Perron et la forêt où il s'était perdu

ne dépassait pas trois ou quatre kilomètres, tandis que le Marinon, à l'endroit où il fût retrouvé, se trouvait à trente-cinq kilomètres de là. En calculant sa marche à dix kilomètres par jour, on peut croire qu'il avait parcouru au moins cent cinquante kilomètres en tournant sur lui-même, car il avait fait mille circuits sans s'en douter.

Il avait fallu à Claude Perron toute la force de sa constitution et l'aide du ciel pour supporter une aussi longue et aussi pénible épreuve.

LES BERGERS DU COLORADO

Le pays, que l'on nomme le Colorado, en Amérique, est une contrée importante qui se trouve à l'est de l'Utah, en dehors de la réunion des rivières Grant et Green, qui forment, par leur jonction, le fleuve Colorado. C'est là que se trouvent les plus profondes et les plus curieuses vallées – *Canons* — de tout ce territoire uni. Dans ce nombre est le *Quent Canon*, dans lequel on entre par le nord-ouest de l'Arisona, et dont l'étendue est de 270 milles.

Les rochers qui s'élèvent des deux côtés et forment parois ont, à certains endroits, 3,000 pieds de hauteur. L'eau court au fond de ce précipice avec une rapidité vertigineuse, se heurtant aux rochers, aux pierres brutes qui encombrent les rives et obstruent le lit du fleuve, si bien que ceux qui se risquent follement par là doivent s'estimer très heureux s'ils en sortent sains et saufs.

Pour se rendre au grand Canon, on passe par Kanab, vers le nord de la ligne de l'Arisona, le long de chemins assez bien entretenus, lesquels ont été tracés par les Mormons et don l'étendue est de quatre cents milles.

On arrive ainsi à la vallée de Toroweap, située sur les hauteurs et on longe un précipice taillé dans une roche couleur de sang, dont l'altitude est de 3,000 pieds.

Du point où le touriste se trouve, il se dirige sur le plateau de Ray-Bal, le plus élevé de tous ceux scindés par le Canon. Mais, une fois parvenu sur ce promontoire sans pareil, on jouit d'une vue qui glace d'horreur celui qui la contemple, surtout quand l'orage s'est déchaîné, ce qui arrive vingt fois par mois. Dans ces moments-là le tonnerre ressemble à des coups d'obusier Krupp, les torrents se précipitent de la cime des monts, comme autant d'écluses ouvertes : c'est le Niagara par morceaux, tombant d'une hauteur quadruple, pour ne rien dire de trop.

Il est question d'établir un chemin de fer partant de la rive du lac Salé, lequel aboutirait aux établissements des pionniers demeurant vers le sud. Si jamais cette route se fait, — et elle se fera, — le touriste pourra aussi facilement visiter le grand Canon du Colorado qu'il lui est facile de parcourir le Central Railroad.

Dans ce pays lointain, on trouve deux centres de population : la ville de Colorado qui fut fondée après le passage du colonel Frémont dans le territoire, et les sources d'eaux minérales du Colorado, qui vont devenir un endroit très à la mode dans cette partie de la Californie.

Les prairies d'un vert émeraude qui entourent ces sources servent de pâturage à des troupeaux de moutons qui varient de 150 à 200,000 têtes de bétail et à des myriades de bœufs et de vaches.

Les aventuriers mexicains font quelquefois des incursions dans le Colorado ; mais, généralement, ils se voient repoussés par les colons de *El Quato*, qui sont les premiers bergers du monde Le gouvernement américain a favorisé l'élevage du bétail en donnant à très bon marché, — trois dollars par are, — le sol de cette partie du terroir. Aussi, dès que le ranchero, nouvellement arrivé dans le Colorado, a pris possession du terrain concédé, il songe à se procurer des moutons et c'est à ses voisins qu'il s'adresse. On lui vend des mérinos qui ne coûtent pas très cher non plus, mais qui, bien entretenus et bien nourris , lui donneront promptement de bons bénéfices. L'important

pour cela c'est d'avoir des hangars pour remiser le bétail, du foin coupé et mis en réserve
pour parer aux éventualités de la saison
hivernale, saison terrible dans le Colorado ;
car elle se manifeste par des ouragans de neige
qui ensevelissent souvent les bêtes et leur
conducteur.

Dès que les sombres nuages chargés de neige
commencent à s'ouvrir et à laisser tomber
leur contenu dru et serré, aveuglant hommes
et animaux, ces derniers se serrent les uns
contre les autres et ne veulent plus avancer.
Il ne reste au berger qu'une seule chance de
salut, celle de s'abriter de son mieux près
de son troupeau, d'attendre patiemment la fin
de l'ouragan, qui dure bien souvent un jour
et une nuit ; puis quand le ciel s'est rassé-
réné, de chercher à ramener son troupeau au
bercail.

Non loin du Colorado-Springs se trouve un
Canon, — un *Gulf*, comme l'appellent les gens
du pays, qui le désignent sous l'appellation

du Big-Corral, — au fond duquel plus de 1,200 brebis furent ensevelies, il y a deux ans, pour avoir voulu suivre avec obstination le bélier conducteur qui tomba dans un gouffre plein de neige, au fond duquel toutes s'entassèrent, y compris le berger lui-même, victime avec ses animaux du mirage de neige.

Ces tourmentes de neige sont, en effet, la ruine des éleveurs du Colorado, et l'on cite dans le nombre de ces sinistres, celui qui eut lieu au mois de mars 1878, le plus épouvantable dont aient jamais été témoins les Canons du Colorado et de toute la Californie. On évalue à plus de 25,000 moutons ou brebis, le nombre de têtes de bétail qui périt en cette occasion. La neige avait douze pieds d'épaisseur, et les troupeaux périrent de faim et de froid après être restés trois semaines ensevelis sous ce linceul hyperboréen.

Les gens du pays prétendent que le mouton qui est ainsi sous la neige sait fort bien décou-

v rir l'herbe et qu'il la broute sans plus s'occuper de la croûte qui le recouvre.

Depuis que les événements ont prouvé la
nécessité de se prémunir contre de pareils
désastres, on a élevé de nombreuses bergeries
dans tous les coins du territoire et, aux premiers symptômes d'un orage suspendu en
l'air, le berger ramène son troupeau dans la
grange où il trouve le salut et la nourriture.

Vienne le mois de mai, la saison des
«agnelées» et tout ira bien. On sépare alors
toutes les mères de celles qui ne le sont pas,
et le nombre des premières est toujours du
double de celles qui n'ont pas eu de progéni-
ture.

Au mois de juin, la « tonte » occupe tout ce
monde d'escadrons américains et, cette opéra-
tion finie, chacun d'eux fait son compte et toujours le bénéfice dépasse les espérances. Il y a
peu d'exemples du contraire.

Il arrive quelquefois que la fatigue, ou la

nourriture consistant en certaines herbes intoxicantes ou vénéneuses, force un troupeau entier à se coucher. Le conducteur croit alors ses brebis perdues, mais il n'en est rien ; témoin ce qui arriva à un berger, l'an dernier, qui se présenta dans un rancho en s'arrachant les cheveux, et en pleurant, tandis qu'il disait qu'il s'était vu forcé de laisser dans le Nyper-Canon 1,217 brebis ou moutons mourant d'une maladie inconnue.

Quelques bonnes âmes s'émurent d'un pareil malheur et suivirent le berger jusqu'à l'endroit indiqué, afin de porter secours à son troupeau, si c'était possible. Mais quand ils arrivèrent, tout était rentré dans l'ordre accoutumé : les brebis avaient recouvré la santé et broutaient comme devant, seulement les loups gris et les coyotes avaient pris leur part et soixante-dix bêtes avaient été dévorées par eux dans l'espace de six heures.

L'une des plus belles métairies du Colorado est, sans contredit celle M. Altserton. Hâtons-nous de dire que ce n'est pas par la construction qu'elle marque dans le pays, mais bien par le nombre des animaux dont le gentleman farmer est le propriétaire.

Le rancho, par lui-même, se compose de quatre pièces : l'une, celle qui sert d'entrée, est une salle de cinq mètres carrés, meublée d'une table, d'une cuisine en fonte avec four et trous pour les casseroles et les marmites, de chaises rustiques et de quelques patères en bois ou en corne, destinées à recevoir les habits et les chapeaux du maître et de ses gens.

La seconde pièce est le garde-manger rempli de provisions de toutes sortes, depuis le porc salé, le beurre et le biscuit — craker — jusqu'aux haricots, farines de maïs et autres preserves employées par les cuisiniers ou cuisinières du pays.

Enfin, les deux autres chambres, sont destinées au logis de nuit du maître et des employés du rancho.

L'accueil fait au touriste par ces pionniers du Colorado est toujours fort cordial, et M. Altserton se fait gloire de ne point mentir à la règle générale.

Le voyageur de qui nous tenons ces détails, nous raconta que M. Altserton, d'origine anglaise, avait servi dans l'armée et avait déserté pour se rendre en Amérique. Là, il avait également pris du service et avait fait la guerrre aux Indiens. Fatigué de ce genre de vie, le *ranchoman* s'était rendu aux mines où il avait fait le métier de « gambusino » pendant deux ans. Mais, enfin, ce coureur des bois avait préféré la vie de berger dont il se trouvait à merveille.

Dans les environs de la ferme de M. Altserton on va visiter celle de Bijou-Basin, où l'on montre avec orgueil 8,000 têtes de bétail dans les champs de la bergerie.

Là se trouvent groupés quelques maisons et un *store* où l'on vend des étoffes, des ustensiles de toutes sortes, de la bière et des liqueurs, rendez vous de tous les « haciendéros » du voisinage. C'est là qu'on trouve les journaux — vieux de trois semaines bien souvent — venus de tous les coins du monde ; quelques-uns du Mexique. L'on cause affaires, politique, spéculation, industrie ; on bavarde sur celui-ci et sur celle-là, et l'on boit.

C'est à cette taverne de Bijou-Basin que notre voyageur entendit raconter l'histoire suivante qui mérite de trouver place dans ce recueil.

Un homme, nommé Thomas Moore, originaire d'Irlande avait quitté fort jeune son pays et s'était rendu à New-York à bord d'un navire, où il servait en qualité de cook (cuisinier) pour payer son passage.

La traversée fut assez longue et le capitaine du vaisseau de commerce, sur lequel Thomas Moore se trouvait, apprécia ses talents culinaires à ce point qu'il lui fit un pont d'or pour le garder près de lui. Thomas consentit à faire deux ou trois traversées de Cork à New-York et à la Nouvelle-Orléans; il alla même une fois jusqu'à Valparaiso et à San-Francisco, mais une fois là, malgré toutes les instances de son capitaine, il refusa de réintégrer *l'Espérance* et resta dans le pays de l'or.

Ceci se passait en 1865. On venait de découvrir de nouveaux filons dans le Colorado, et les mineurs se portaient en foule du côté des mines. Thomas fit comme les autres; il acheta une pelle, un tamis, un fusil, des munitions, et un bidet sur lequel il plaça le tout, y compris sa personne, et partit un beau matin pour se rendre dans les montagnes aurifères. Les premiers essais de l'Irlandais furent assez infructueux; mais il avait d'amples ressources pour subvenir à sa nourriture, du gibier, du poisson qu'il accommodait comme s'il eût eu à fournir la table d'un prince : bref, il vivait.

Mais un jour, s'étant enfoncé dans un des

Canons du Poroweap, il aperçut dans un trou de rochers quelque chose qui brillait, et s'étant avancé, il fallit tomber à la renverse en touchant un énorme filon d'or natif, de la plus grande pureté et de la grosseur du bras. Lorsqu'il se fut bien rendu compte de la réalité de sa découverte, Thomas Moore commença par entasser pierre sur pierre dans la fissure où se trouvait son trésor, puis il retourna vers sa cabane, charger sur son petit cheval tout ce qui lui appartenait et vint s'établir sur l'emplacement même du gisement qu'il comptait exploiter.

Il éleva une cabane au moyen de troncs d'arbres solides, et en fit une sorte de forteresse imprenable, de façon à défier les voleurs quand il aurait amassé son trésor. Du reste il ne commença à travailler que lorsqu'il se fut arrangé avec un banquier de Sacramento qui envoyait toutes les semaines chercher le résultat du travail et remettait un reçu en règle, de telle façon qu'au bout de six mois Thomas

Moore se trouva riche de deux millions de dollars.

Tout autre que l'Irlandais eût cessé de travailler et se fût retiré dans son pays, pour jouir de l'existence et ne plus être exposé aux vicissitudes de la vie californienne, mais Thomas Moore avait des goûts simples; sa seule ambition était de devenir un riche fermier et il se hâta de satisfaire ses goûts. Son premier soin fut d'acheter une grande partie du territoire, y compris le Canon dans lequel sa « mine » était placée. Cela fait, il fit venir de San-Francisco un architecte et des maçons qui lui bâtirent une superbe habitation, des granges, des écuries, des bergeries et d'autres constructions d'une grande importance.

— Où diable, Thomas Moore prend-il tout cet argent pour payer ses folies ? se disaient les gens du pays. Bien sûr il a trouvé une riche mine. On disait vrai; mais nul ne pouvait croire que ce fut dans le Canon de Toroweap, car il avait été visité pierre par pierre, cinq ans avant la venue du cuisinier irlandais.

Un jour, lorsque tout fut prêt, Moore se rendit à Bijou-Basin et acheta, argent comptant, 4,000 brebis d'un seul coup. Il engagea en même temps les hommes qui devaient avoir soin de son troupeau : ces bergers étaient au nombre de vingt-deux.

Il avait également trouvé à Sacramento une femme dont les soins devaient être dévoués à l'entretien de la maison et une cuisinière pour préparer l'ordinaire.

Il ne manquait plus à Thomas Moore qu'une femme pour partager sa fortune. Or, il avait laissé dans son village une jeune fille qui lui avait promis de l'attendre et de lui garder sa foi. Un matin, après avoir tout mis en ordre chez lui, Thomas prit le chemin de fer du pacifique et se rendit à New-York d'où il continua sa route pour l'Europe. Nous abrégeons cette histoire en racontant en quelques mots son dénouement.

Thomas retrouva fidèle et confiante celle dont il voulait faire sa compagne. Il ne lui raconta pas la bonne chance qui avait favorisé ses travaux; il lui dit seulement qu'il croyait devoir lui donner son nom à la condition qu'elle le suivrait en Californie, avec son père et sa mère qui vivaient encore.

Honor O'gherthy obéit aux vœux de son mari, et tout le monde se mit en route pour le Sacramento et le Colorado...

Quand on arriva à la ferme du canon de Toroweap, Thomas Moore dit à Honor :

— J'ai voulu te faire une surprise, ô ma bonne amie, tout ce qui est ici est à toi. Je suis archi-millionnaire. Tu as lu les contes de fées? eh bien, mon rêve s'est réalisé et mes vœux sont accomplis. Soyons heureux et bénissons Dieu.

UNE NUIT TERRIBLE

C'était en octobre, il y a bien longtemps de cela, que mon ami Stephen Otto, passa une nuit terrible dont le récit qu'il me fit à cette époque est resté dans ma mémoire.

Otto était alors employé au télégraphe de Morse, dans un pauvre village du Canada, placé sur la ligne du chemin de fer de Grand-Frank.

Cette résidence de mon ami était loin d'être un lieu de plaisance, et l'on comptait dans ce petit endroit plus de brasseries, de salons où l'on jouait, et de tavernes borgnes, que de maisons honnêtes et de magasins respectables.

Depuis l'installation de mon ami Otto dans ce village de Nattanville, c'est-à-dire depuis un an, on avait arrêté un faussaire, deux assassins, et peu de jours se passaient sans que l'on assistât à quelque bataille entre les bandits qui avaient fait élection de domicile dans ces parages.

Et pourtant, dans ce pays peu désirable pour s'y établir, il y avait une école, et celle qui était placée en qualité d'institutrice à la tête de cet établissement était une charmante jeune fille, aux yeux bleus, aux cheveux blonds.

Mon ami Otto la vit, elle lui plut, et trois mois après miss Alice Hal consentait à se rendre avec lui à l'église voisine pour échanger son nom contre celui de l'homme qui lui consacrait sa vie.

Le mariage eut lieu au mois de juillet, et l'heureux couple s'installa dans un petit cottage, bâti à un quart de mille environ du bureau du télégraphe.

Stephen Otto n'avait personne pour le remplacer au cas où il eût voulu s'absenter ; aussi mon ami était-il obligé de rester toute la journée, et une grande partie de la soirée, dans son bureau, où sa femme lui apportait ses repas à des heures convenues.

La station du télégraphe était divisée en deux ; la première chambre contenait les appareils du système Morse, la seconde servait de salle à manger et il n'y avait qu'une porte s'ouvrant de la première pièce, et une fenêtre. Alice, la chère moitié de mon ami Otto, avait installé dans cet endroit une table de toilette, un miroir, un lavabo et quelques planches sur lesquelles se trouvaient placés les serviettes, les fourchettes, les couteaux, le sel, le poivre et des pots de cornichons destinés au repas de son mari. J'ajouterai que l'endroit dont je fais la descrip-

6.

tion était situé au second étage d'une mai-
sonnette en bois, isolée des autres maisons du
village de Nattanville.

J'arrive maintenant aux événements qui
s'accomplirent dans la nuit terrible du mois
d'octobre 1847, auxquels prit part Alice Halt,
la femme de mon ami.

Ce dernier se trouvait seul dans son bureau,
vers sept heures et demie du soir, quand un
des inspecteurs du télégraphe arriva en cou-
rant vers la station et, se précipitant dans
l'intérieur de l'office, s'écria d'une voix
émue :

— Très cher monsieur, vous êtes-vous pro-
mené, par hasard, aujourd'hui, du côté du
grand talus ?

— Non ! répondit Otto.

— En ce cas, il est providentiel que j'y aie
passé moi-même, car un énorme bloc de roche
est tombé sur la voie et l'obstrue en entier du
côté droit. L'obscurité sera très grande, cette
nuit, et si le train de minuit passait là, sans

être averti, une catastrophe épouvantable aurait lieu.

— En effet, il faut que le convoi s'arrête à Postville, et je vais envoyer immédiatement une dépêche à mon confrère, répliqua Otto.

— Vous ferez bien, et c'est pour cela que je suis venu ici, ajouta l'inspecteur. La seconde voie n'est point obstruée, donc le train qui remonte pourra passer sans obstacle, continua l'inspecteur.

— Très bien! monsieur.

Stephen Otto accompagna son supérieur jusqu'à la porte et le suivit des yeux tandis qu'il descendait l'escalier. A peine celui-ci avait-il disparu au détour du chemin, que mistress Alice arriva apportant le dîner de son mari.

Les plats étaient chauds, l'agent du télégraphe avait faim, aussi se hâta-t-il de mettre le couvert pour prendre son repas, en se disant à part lui : « Bah ! j'ai le temps pour adresser ce message à Postville. »

Et il se mit à causer avec sa femme, qui lui demanda s'il avaiteu beaucoup detravail dans la journée.

— Non, répliqua Otto; la seule dépêche que j'aie eu à transmettre, était adressée à John Martin.

— Juste ciel! répliqua Alice, au plus grand coquin de tout le pays, et quel était ce message? que disait-il?

Ces seuls mots, ma chère : « Le train de minuit. »

— Rien de plus?

— Non. M. Hill, mon inspecteur, est venu me faire visite pour m'apprendre qu'une énorme pierre obstrue la voie à cent pas d'ici, au dessus du talus : aussi je vais arrêter le convoi de minuit qui s'arrêtera à Postville, jusqu'à demain matin, car, dès la première heure, on s'occupera de déblayer la route ferrée.

— La dépêche est-elle partie? demanda Alice.

— Pas encore : j'ai tout le temps nécessaire

pour cela. Le convoi qui remonte ne passe à Postville que vers onze heures et demie, et il est à peine huit heures. Tiens, chère amie, voilà l'horloge qui sonne les huit coups.

— Mon avis est qu'il faut vous hâter, Stephen, fit la jeune femme ; si quelque accident arrivait, vous seriez compromis. Voyons, mon ami, au travail ! Pendant que vous allez manœuvrer la machine électrique, moi je vais dans le cabinet à côté ranger ce qui s'y trouve ; dès que j'aurai fini ma besogne, je reviendrai m'asseoir près de vous et vous tenir compagnie. Nous retournerons ensemble à la maison à l'heure ordinaire.

En effet, Alice entra dans la petite pièce attenante au bureau, sans emporter de lumière ; celles qui éclairaient le bureau étant suffisantes pour qu'elle y vît de l'autre côté.

Otto allait s'asseoir devant la machine télégraphique pour envoyer le message, lorsque, au même instant, la porte extérieure du bureau fut violemment ouverte et quatre ban-

dits de la petite ville de Nattanville, bien connus pour tels dans le pays, pénétrèrent dans
le bureau, ayant à leur tête le coquin nommé
par Alice, John Martin.

Avant que l'employé du télégraphe eût eu le
temps de se retourner, il fut jeté dans son fau-
teuil de bois, et John Martin, l'ajustant avec
un revolver, lui dit brutalement :

— M. Hill est venu vous donner l'ordre
d'arrêter le train de minuit. Nous ne voulons
pas que vous envoyiez la dépêche. Le rocher
placé sur la voie est là parce que nous voulons
qu'il y soit. Le conducteur du convoi a cinquante mille dollars en or, confiés à ses soins,
et il nous les faut. Comprenez-vous, monsieur
Otto ?

— Et pour vous emparer de cette somme
vous risqueriez la vie de tous les voyageurs ?
s'écria mon ami Otto.

— Bah ! que nous importe cela ! Voyons ! pas
de bêtises? le cinquième de cette somme sera
pour vous si vous n'envoyez pas la dépêche à

Postville. Il y a déjà longtemps que nous atten-
dions l'envoi de ces cinquante mille dollars.

Stephen Otto avait compris toute la machi-
nation infernale de ces bandits. Si le convoi
arrivait sur cet obstacle placé par eux au
milieu de la voie, il allait être mis en pièces, et
les misérables pilleraient les espèces confiées
au conducteur.

— Allons ! répéta Martin au pauvre Otto,
décidez-vous et venez avec nous.

— Jamais ! jamais ! s'écria celui-ci d'une
voix indignée.

— Tant pis pour vous, nous allons être for-
cés de vous ficeler comme un saucisson.

Stephen Otto tremblait pour la sûreté de sa
pauvre femme et il eût voulu qu'elle fût bien
loin de là. Si sa vie seule eût été en danger, il
eût eu moins d'appréhensions; mais un espoir
lui restait celui que sa chère Alice échapperait
aux recherches de ses ennemis. On n'entendait
pas remuer dans la petite chambre, et il se
laissa lier les pieds et les mains par ces cinq

hommes qui s'arrangèrent de façon qu'il ne pût se délivrer de ses entraves. Il fut, un moment, question de le bâillonner, mais les coquins y renoncèrent, car ils se dirent entre eux que ses cris ne seraient point entendus par les voisins, tous trop éloignés de la station pour percevoir le moindre bruit. La seule précaution qu'ils prirent fut de lui couvrir la bouche avec un mouchoir.

Cela fait, ils fermèrent à double tour la porte du petit cabinet, sans même y entrer, puis ils éteignirent les lumières et laissèrent Otto, en verrouillant son bureau dont ils emportèrent la clef.

Il se fit alors un profond silence. On n'entendait que le pas des hommes qui s'éloignaient et celui d'une sentinelle que ces bandits avaient laissée devant la station de télégraphe.

Stephen Otto chercha à se débarasser du mouchoir qui lui couvrait la bouche. A force de se frotter, le bâillon tomba autour de son cou. A ce moment même, il entendit un léger coup frappé à la porte du cabinet.

— Stephen ! disait Alice à son mari.

— Ah ! c'est toi ; parle bas, chérie. Il y a encore un de ces bandits qui est resté en sentinelle.

— Ètes-vous seul dans la salle ? ajouta Alice.

— Oui.

— Je vais me rendre à Postville. Il n'y a personne sous la fenêtre du cabinet ; j'· puis sortir et m'échapper par la fenêtre. J'ai trouvé cinq torchons fort solides ; je les ai noués les uns aux autres, et, pour faire la corde plus longue, j'ai coupé un de mes jupons en bandes, si bien que j'atteindrai le sol sans me blesser et sans faire de bruit. Il ne me reste plus qu'à fixer cette échelle factice au support de fer de la fenêtre. Une fois en bas, je courrai rapidement à la maison où je sellerai Sélim sur lequel je me rendrai au grand galop à Postville. N'ayez aucune crainte, mon cher mari, lorsque vous entendrez un chant de coq à dix pas d'ici, vous comprendrez que je suis en sûreté.

Mon ami Otto tressaillit de joie et d'orgueil en entendant Alice lui proposer d'accomplir un acte de courage héroïque. Il n'osa pas la dissuader d'agir.

— Que Dieu te protége et te conduise, chère âme ! lui dit-il.

Cinq minutes après cet entretien, Stephen Otto entendait le cri convenu. Alice était loin de l'atteinte des bandits.

La nuit était sombre, un orage menaçait à l'horizon, et autant que Stephen pouvait calculer juste, neuf heures allaient sonner. La distance entre Nattanville et Postville était d'une lieue et demie. Mais la route était bonne, et à moins d'événements imprévus, Alice arriverait à son but avant que l'ouragan se fût déchaîné.

L'horloge sonna neuf heures à l'église de Nattanville. A ce moment-là, des éclats de tonnerre précédés d'éclairs fulgurants annoncèrent à Stephen Otto que l'orage commençait à éclater. Le pauvre homme se désespérait en songeant à Alice qui se trouvait ainsi exposée aux inclémences de l'atmosphère.

Dix heures retentirent encore ; la pluie tombait par torrents, les appels de tonnerre se répétaient, les éclairs illuminaient l'horizon. Alice avait-elle réussi dans son plan de campagne ? Montée sur son bon cheval, la courageuse créature pressait-elle sa monture du talon ? oubliant toutes ses craintes, car, en diverses occasions, Stephen Otto avait été forcé de la rassurer quand il voyageait avec elle.

Enfin, le malheureux Otto entendit onze heures tinter à l'horloge. L'orage s'était calmé, et pourtant la nuit restait sombre : aucun bruit ne se faisait entendre ; rien n'était venu changer la terrible situation du pauvre employé du télégraphe, qui restait en proie à la plus épouvantable anxiété.

Que la dernière heure allait lui sembler longue ! Ah ! quand il aurait entendu sonner minuit, tout lui paraîtrait décidé, mais d'ici là le malheureux Otto allait souffrir une angoisse mortelle.

Enfin, un bruissement qui grandissait de minute en minute vint le tirer de cette torpeur. Il percevait la trépidation du chemin de fer qui avançait du côté de la station de Nattan-ville. « Hélas ! se disait-il à part lui, voilà de pauvres employés, de malheureux voyageurs qui marchent à la mort sans s'en douter. » Et il songeait à sa femme qui était peut-être, comme lui prisonnière des voleurs de grand chemin, ou qui avait été arrêtée par eux sur la route de Postville. Peut-être même était-elle morte, terrassée par un coup de tonnerre. Pourquoi Otto lui avait-il permis de réaliser sa courageuse entreprise ?

Tout en énumérant ces pensées poignantes, Stephen Otto faisait des efforts inouïs, mais inutiles pour se délivrer de ses liens.

Enfin, il entendit le bruit du convoi qui s'a-vançait sur les rails, vis à vis de la station du télégrapho, et qui s'arrêta, — d'après le jugé, — à la pierre même qui obstruait la voie. Le pauvre employé crut entendre bientôt l'écrasement général et les cris des mourants sur ce Golgotha suprême.

Il n'en fut rien.

Otto se demandait ce que cela voulait dire, quand il lui sembla percevoir le bruit d'une clef qui tournait dans la serrure.

Il ne se trompait pas. En quelques secondes deux bras enlaçaient son cou. C'étaient ceux de sa chère Alice qui lui disait à l'oreille :

— On va venir vous délivrer, mon ami. Les bandits avaient laissé la clef dans la serrure, et j'ai pu entrer. Je n'avais pas osé le faire quand je suis partie, parce que l'homme que ces hardis malfaiteurs avaient laissé pour faire sentinelle se tenait au bas l'escalier. Je me suis donc mise à courir.

— Mais, chère Alice, es-tu donc allée à Postville? lui dit Otto.

— Certainement.

— Au milieu de la tempête qui s'est déchaî-
née?

— Oui! Sélim paraissait comprendre la
nécessité qu'il y avait à aller vite. Je m'étais
revêtue de mon manteau à capuchon et quand
je suis arrivée à Postville, je n'étais pas même
mouillée. Grâce à Dieu, le convoi n'était pas
arrivé.

— Mais alors comment se fait-il qu'il soit
ici?

— Ce n'est qu'une machine et un wagon
dans lequel ont pris place le shérif et son aide,
y compris vingt hommes armés jusqu'aux
dents, qui avaient juré de s'emparer des coquins
commandés par John Martin. Je m'étais jointe
à eux et j'ai pu descendre avant le moment où
la machine a stoppé près du talus. Je voulais,
cher ami, me rendre ici bien vite, te délivrer
et te dire ce qui s'était passé.

Tandis que mon ami Otto et sa femme cau-
saient de la sorte, Alice avait dénoué le mou-

choir qui serrait le cou du prisonnier, puis, malgré l'obscurité, elle avait réussi à dénouer les cordes qui paralysaient ses bras. Elle allait procéder à la délivrance complète, lorsque des voix nombreuses se firent entendre. On gravissait l'escalier; quelques minutes après, l'intérieur du bureau du télégraphe était éclairé.

— Hourra ! s'écriaient quelques nouveaux venus. Nous avons pris les cinq coquins que commandait John Martin. Trois d'entre eux, y compris ce dernier, sont blessés dangereusement : mais tout a marché comme sur des roulettes. Nous voici, mon brave monsieur ; nous arrivons à votre secours.

En quelques secondes, Stephen Otto était sur pied et tous ceux qui l'entouraient voulurent lui toucher les mains pour le féliciter.

D'autre part leurs compliments s'adressaient à la femme courageuse qui avait donné de telles preuves d'assurance et de fermeté.

En résumé, les bandits furent envoyés en prison ; on les jugea et John Martin, ayant été

convaincu d'autres crimes, les juges le con-
damnèrent à la prison perpétuelle.

Mon ami Stephen Otto et sa femme crurent
devoir demander leur changement pour un
poste plus civilisé. Mais avant leur départ, la
Compagnie du chemin de fer les réunit dans
un dîner à Postville, et après les hourras por-
tés en leur honneur, les santés et les compliments d'usage, le président du comité offrit à
Alice un service à thé en argent, à la souscrip-
tion duquel avaient contribué tous les voyageurs du convoi, et le directeur du railroad,
en témoignage de leur gratitude éternelle.

Limoges. — Imprimerie de Charles Barbou.

www.ingramcontent.com/pod-product-compliance
Lightning Source LLC
Chambersburg PA
CBHW070802280626

47162CB00016B/1599